U0948887

成都，今夜请将我遗忘

慕容雪村 著

四川文艺出版社

图书在版编目（CIP）数据

成都，今夜请将我遗忘 / 慕容雪村著．-- 成都 ：四川文艺出版社，2014.12
ISBN 978-7-5411-3993-2

Ⅰ．①成… Ⅱ．①慕… Ⅲ．①长篇小说－中国－当代 Ⅳ．① I247.5

中国版本图书馆 CIP 数据核字（2014）第 286623 号

CHENGDU JINYE QINGJIANGWO YIWANG

成都，今夜请将我遗忘

慕容雪村　著

责任编辑　张庆宁
特约编辑　孙恩枫
装帧设计　嫁衣工舍

出版发行　四川文艺出版社
社　　址　成都市槐树街 2 号
网　　址　www.scwys.com
电　　话　028-86259285（发行部）　028-86259303
传　　真　028-86259306

读者服务　028-86259303
邮购地址　成都市槐树街 2 号四川文艺出版社邮购部　610031

印　　刷　北京慧美印刷有限公司
成品尺寸　146mm × 210mm　1/32
印　　张　7.5
字　　数　140 千
版　　次　2015 年 2 月第一版
印　　次　2015 年 2 月第一次印刷
书　　号　ISBN 978-7-5411-3993-2
定　　价　32.80 元

一

下班后，赵悦给我打电话说西延线又开了一家火锅店，问我去不去尝新鲜。我说："你怎么这么浅薄啊，就知道吃，跟猪有什么分别？"我那天火气很大，总公司提拔董胖子当了总经理，这厮和我同时来的，长得跟猪头一样，屁本事没有，就知道拍马逢迎。我今后居然要在这种鸟人手底下干活，想起来心里就堵得慌。赵悦哼了一声，说："你不去我可跟别人去了啊。"我说："随便你，你想跟人上床我也不反对。"话音刚落，电话里传来一声巨响，我想赵悦摔电话时用的力气可真不小。

在电话前呆呆地站了几分钟，脑袋里一片空白。我知道自己有点过分，赵悦没有错，可我就是不想控制自己的情绪。挟着皮包走出来，三月的成都到处烟尘飞扬，让人烦躁。我到路边的烟摊上买了一包贡品娇子，盘算着该去哪里过完这个郁闷的周末之夜，想了半天还是去找李良。

李良是我的大学同学，毕业后第二年就把公职辞了，专职炒期货，不到两年就弄了三百多万。有时候我想命运这东西你不信也不行，上学时怎么也看不出李良有投资的本事。他那会儿净围着我转了，像个小跟班。

我估计这时他不是在睡觉就是在麻将桌上。麻将是他唯一热爱的体育运动，大学时曾经连续作战三十七个小时，输光所有钱和饭票后，拍拍屁股对我说："陈重，借我十块钱，我去吃点东西。"然后就听说他昏倒在校门口的小馆子里。

我赶到时，桌上已经坐了四个人了。三男一女，除了李良，我一个都不认识。李良看见我，叫了一声傻×，说："冰箱里有啤酒，客厅里有影碟，卧室的床头柜里有个自慰器还没用过，你爱怎么玩就怎么玩吧。"另外三个人都笑。我说日你祖宗，走到牌桌旁买了两匹马，问："打多大？"坐在李良对面的小姑娘告诉我，五一二。我摸了一下口袋，那里还有一千多块，估计足可以应付了。

李良给我介绍那三个人，两个男的都是外地的，来跟李良探讨炒期货的经验，小姑娘叫叶梅，是个正式名称叫什么建筑公司的包工头儿的女儿。我开了一罐蓝剑啤酒，走过去看她的牌。叶梅穿一件红毛衣，下身穿一条紧身牛仔裤，胸部丰满，腰肢纤细，两条修长的腿轻轻颤动着，我腰下马上就有了反应，赶紧喝口啤酒压住。

打了几把之后，李良起身让我，去鼓捣他那一堆音响器材去了。我刚上桌，就点了叶梅一个清一色，两百。然后手气一直不顺，一把没和过不说，不是被人自摸就是我点炮，几圈下来，一千多块就折腾光了。我叫李良："再拿一千块来。"他嘟哝了一句，把钱包扔过来。这时我的手机响了。

赵悦问我："干什么呢？"

我说："打麻将。"

"挺快活啊。"她的口气冷冰冰的。

我说还行，顺手扔出去一张六条。赵悦在电话里继续冷冰冰地问："晚上是不是不回来了？"我说可能要打通宵，让她不用等我，赵悦一声不发就把电话挂了。

接完电话后，手气开始好转，连连自摸，清一色，碰碰和，几乎每一把都有一个加番的"根儿"。两个家伙咒我，说牌旺人不旺，小心老婆出事。我光笑不说话，一把一把地往裤兜里塞钱。到凌晨三点，我第四次把一副清一色的牌摊倒，叶梅站起来说："不打了不打了，今天的牌出鬼了，没见过手气这么好的。"

盘点一下战果，除了原先的一千多全部回笼，我还另外赢了三千七，相当于我大半个月的工资，顿时心里一阵舒畅，倒了两杯果汁，递了一杯给叶梅，坐在沙发上背诵李良的诗："生活突如其来，真他妈的。"这厮大学时跟我一起参加文学社，我当社长他写诗，骗了不少文学女青年，所以睡我上铺的王大头说我们俩"双手沾满处女的鲜血"。

这个钟点比较讨厌，要睡睡不着，回家吧，肯定会惊醒赵悦，向她汇报行踪，跟着吵上一架，邻居们早就对我们的"夜半歌声"和摔碗声烦透了。要是不回家又没处可去。我叫李良的外号："你娘，走，哥哥带你喝酒去，顺便送美女回巢。"

李良把车钥匙扔给我，打着哈欠说他不去了，让我送两位哥哥回酒店，送叶梅回家。出门时他特意叮嘱叶梅："跟这厮在一起小心点，他不是好人，有个外号叫摧花和尚。"叶梅笑着问他有没有菜刀剪子什么的，李良说："不用，他要敢起色心，你就踢他裤裆。"

凌晨的成都格外安静，经过青羊宫时，我突然想起和赵悦第一次来玩的情景，我们俩闭着眼去摸墙上鲜红的"寿"字，我摸到了那一撇，赵悦摸到了那一点。我说："你一定能长寿，'寿'的鸡巴都被你摸到了。"她笑得花枝乱颤。这个时候，赵悦该睡熟了吧，她一定开着灯，抱着我的枕头，嘴里还哼哼唧唧的。有一次我出差回来，轻轻地走进屋里，她就这副模样。

叶梅拿出一支娇子点上，问我："陈哥是不是想到情人了？笑得鬼头鬼脑的。"我说："是啊是啊，我正在想你呢，一会儿把两位哥哥送到了，你就跟我回去好不好？"她说："我可遭不住嫂子的耳光。"我笑笑，心里邪恶地想：遭得住哥哥就行呗。

我对性诱惑一直缺乏抵抗力，李良有一首诗说的就是我：

今夜阳光明媚
与荷尔蒙一起飞舞

成都，你的肌肤柔软
如我忧伤心情
在上帝的笑容里裸体行走
三月的盐市口我无可选择

无可选择就是从不选择的意思，李良不止一次批评我“连母猪都不放过”。然后掰着手指头数论据：大学里黑糙的体育老师、体重三百斤的酒楼老板娘、丑得让人翻倒的肥肠店服务员，还有一个爱吃大蒜的炸油条姑娘。每当这时我就批评他不懂欣赏女人：体育老师光是海拔就让人景仰，有一米七十七，绰号黑牡丹；酒楼老板娘珠圆玉润，简直就是杨贵妃再世；肥肠店服务员身材绝对魔鬼，胸围 36F，走平路都会扑倒，脸没着地胸先到。“你没觉着我的油条情人特别像咱们班的丁冬冬？”李良没话说了就会嘟哝一句：“烂人，你倒不挑剔。”

送走两个男牌友，就剩我和叶梅两个，我故意把车开得极慢，歪着头看她。叶梅在我的注视下有点不自然，脸慢慢红了。我哧地笑了一声。她有点生气：“笑啥子？”我直奔主题，问她是不是处女。她狠狠地瞪我一眼，说后悔没从李哥那里拿一把刀子：“一刀割了你！”

根据我的经验，一个女孩子如果愿意跟你讨论这么技术性的问题，就表示她不反感你的勾引，而且据说深夜是女性防御最薄弱的时候。我借口倒视镜的角度不够，停下车，紧贴着叶梅的身体去调整镜子的角度，她微微抖了一下，没有躲开，我顺手搂住了她的细腰。叶梅抗议："你好歪哦，再这样我下车了啊。"我长叹一声，把手抽回来，叶梅小声说："谁让你赢老子的钱。"我听见这句后心中狂喜，把她一把搂过来，跟着嘴也贴了上去。

二

在我眼里，成都就像一个百家混居的大杂院，我初中时住在金丝街，离香火旺盛的文殊院只隔百十米，经常随父母去烧香，跟一些认识不认识的人喝茶聊天，一聊就是一个下午。不经意间一天天过去了，父母老了，我也已经长大。成都的生活如此平淡和缺乏细节，以至于我觉得所有文学和戏剧都是虚构。

送叶梅回家后，我累坏了，内裤上冷冰冰的一团，显然是刚才没清理干净。叶梅对我的表现似乎也不尽满意，下车时态度冷冷的，让我很沮丧。我把车开到温哥华广场的地下停车场，把座椅放平，躺在上面就睡了过去。

醒来后腰酸背疼，看看表还不到九点，有个家伙敲敲我的车窗，问我有没有备用机油，我打开尾箱提出一桶来说给你了。这是我们公司的产品之一，李良这辆奥迪 A6 上至少还有十几桶。想起公司业务我就郁闷，这几年我至少为公司贡献了三个亿的销售额、两千万的纯利润，董胖子屁也没干居然还爬到我头上。

今天的成都，阳光刺眼，像所有习惯夜生活的人一样，我本能地逃避太阳。《四川法制报》这期有一篇文章说“黑暗的东西永远见不了光”，我想如今我也成社会阴暗面了，而就在几年前，同一个我还是意气风发的天之骄子呢。

车载 CD 里传出许美静忧伤的歌声：“传说中痴心的眼泪会倾城……红眼睛幽幽地看着这孤城……烟花会谢，笙歌会停，显得这故事尾声更动听。”突然想起赵悦，心中有点疼，就到人民商场的黛安芬专柜给她买了一套调整型内衣，花了七百多。赵悦说她这几年缺少运动，乳房有点下垂。其实我一直都不会体贴人，看看身上的名牌西装，都是她替我添置的，心里很为昨天的事感到内疚。

赵悦正坐在沙发上看电视，神情专注，像没看见我一样。我把黛安芬放下，转身进卫生间放水冲凉，出来后看见她脸朝里躺在床上，我抱了她一下，没有任何反应，接着我就昏昏沉沉地睡过去了。

睡梦中听见赵悦在旁边打电话：“我老公在家呢，说话不方便，你改天打给我吧。”我一下子睁开了眼，问她：“有情人了？”赵悦老老实实地点头。我说不错啊，长出息了。赵悦笑笑，说人总是要进步的嘛。我问那厮干什么的，赵悦说是企业家。我坐起来拍拍她脑袋：“咱们说好了，骗到钱分我一半。”赵悦说：“我可不是跟你开玩笑。”我说：“明白明白，咱们家的政策就是鼓励外遇、争创外快嘛。”

赵悦是我的师妹，比我低一届，是 1992 级的三朵校花之一。我们学校当时经常有社会上的小痞子进来骚扰，赵悦和前男友在树林里亲热时，被小痞子们逮着现行，男朋友裤子没穿利落就跑了，据说刚回宿舍，避孕套就从裤腿里掉了出来。赵悦正打算闭上眼接受凌辱时，我和王大头喝酒归来，跟那帮家伙一番力斗，保住了赵悦的名节。

我相信每个男人看到当时的赵悦都会想入非非，她只披着一件衬衫，内裤褪到膝盖处。如果赵悦不是我的老婆，我一定很愿意回忆这段往事，换个说法，如果早知道赵悦会成为我老婆，我当时会不会行侠仗义，就值得研究。李良经常说我的生活充满悖论，主要指的就是爱情。到现在赵悦还不敢见王大头。

我并不认为赵悦生性放荡，大学里交几个男朋友，有几次婚前性行为，不能算是人生污点。事实证明赵悦从那以后一直是个淑女，温柔体贴，对我忠心不二。但我还是一想起那天的情景就心里犯堵。

生活啊，你只需要知道概况，不能深究细节，把一切都看清楚了，活着也挺没劲的。我发这番感慨是有依据的，董胖子有个朋友，在水碾河搞了一个换妻俱乐部，每个人都在那里弄别人的老婆，同时也看着自己老婆被别人弄，据说百分之九十以上的夫妻出来后都直奔民政局。

不过赵悦在这一点上特别没出息，老辩解说那是第一次，还遮遮掩掩地暗示没有完全进去。当你表达了你的宽容，而对方却说根本不需要你的宽容时，真是够火大的。于是我改变了策略，先安慰再教育，最后进行严厉打击，让赵悦认识到问题的严重性："第一次也好，第一百次也罢，性质相同，你知道我从来都不重视数量；全进去还是进去一半，或者只是在外围打转，都是性交，你知道奸淫幼女什么标准吗？触摸说——碰着就算！"

社会学家研究什么的都有，就是没有研究我这种"明知绿帽还要戴"的丈夫的心理的，我常常想：我在外面经常性地淫乱，会不会是出于潜意识的报复心理？说起来也没什么可报复的，我认识赵悦前至少有过三四个女人，体育老师就是其中之一。和赵悦谈恋爱之后，有一次上完体育课，我们还在一台"健翔"牌健身机上发生了关系。

对赵悦自称有情人这事，我没有过多去想。女人嘛，总是会用一些小把戏来引起别人的注意，《围城》中的苏文纨想通过赵辛楣来激发方鸿渐的斗志，没有成功。我对赵悦虚构的企业家也缺乏兴趣。赵悦说总有一天她会带来给我看看，我说他要是真敢来，我一定"愤然大怒，勃起还击"。

三

总公司派了几个人来对前任总经理进行离任审计，顺便做一下政治思想工作，通知我们开全员大会，两百多人把会议室都快撑爆了。会上一个太监模样的家伙絮叨了半天，告诫我们要忠诚，多奉献，少索取，不但任劳，而且任怨。有一句堪称经典：“对工作坚忍不拔，对利益淡泊宁静。”我想直娘贼的太监，还想拿我们当牛马使唤啊？都是打工的，你装什么大馅包子？然后就听见他点我名：“陈重经理是公司的业务骨干，这些年来做了很大贡献，血气方刚、敢作敢当……只要大家和董总齐心协力，四川分公司一定会做出更大的成绩！”

听得我一阵腻歪，知道这都是董胖子的把戏，这厮肯定跑到太监面前装乖孙子，笔记本摊在腿上，脖子九十度向前梗起，一脸肥胖的微笑，汇报完思想动态，再顺便踢我个撩阴腿。“陈重嘛，业务能力强，但和同事工作配合不太好。”我扭头看看他，这厮很风骚地穿一条背带裤，正伏在桌上记笔记。我暗暗骂了一句王八蛋，心想：这也值得你往本子上记？

散会后，董胖子把我叫到办公室，开始春风化雨般的思想工作，说他对总公司的任命也感到意外，先后拒绝几次，说自己能力不够，还推荐我做总经理，但总公司以为“你能力虽强，经验不足，还需要再磨炼一下”。我心想放屁，这话要不是你说的，算我瞎了眼。胖子说完后跟我装亲热：“我晓得你，你娃也没把总经理的位子看在眼里！”我说哪里哪里，卑职才疏学浅，嘴上没个把门的，正需要董总您这么成熟老练的人多多指导。胖子笑得那个灿烂，我乘机给他出了个难题：“您看我的工资是不是该涨一涨了？我现在正在供房，经济上实在困难。还有，我们销售部做了那么大的贡献，凭什么工资比内勤还低？”他肥胖的笑容一下子冻住了，像一大摊晒化的冰淇淋。

我召集销售部的员工开会，像江青一样挥舞拳头：“兄弟们，告诉大家一个好消息，我已经申请给大家加薪——你奶奶的刘三，抽烟不给我?!”刘三笑嘻嘻地扔过来一支红塔山，周卫东点头哈腰地给我点上。“董胖子反对加薪，经我再三哭诉，他终于同意向总公司争取，我们就看董总的吧。”我故意把“董总”两个字咬得特别重，心想董胖子，让这一百多号人爱你我没什么办法，让他们恨你可就太容易了。这么多人同时加薪，至少使四川分公司的预算超支百分之二十。你要敢跟总公司反映，不挨板子我跟你姓；你要是不反映，我看你娃还怎么管销售部?

会议室里烟气腾腾，这帮家伙听见加薪比过年都高兴，汽修部主管赵燕大声说：“老大，要是真涨了工资，我们就凑钱给你包个二奶！”刘三说：“你想给老大当二奶就直说，别偷偷摸摸的。”角落里有个家伙接过话茬，说：“就是就是，我看赵燕的奶也挺大的。”一帮下流鬼都笑，赵燕看了我一眼，脸红得跟漆过一样。其实我早就感觉这姑娘对我有点意思，只不过瓜田李下，君子袖手，兔子不吃窝边草，我怎么好意思白天板着脸教训人家，晚上却伸手脱人家的裤子。

吃中饭时王大头来电话，问我能不能搞到“川O”的车牌，我说搞是搞得到，就看给谁搞了。大头说：“你就当是我要的吧。”我说那行，晚上叫上李良，咱们到“皇城老妈”喝两杯，酒桌上再谈。

王大头毕业后去了公安局，刚报到就坚决要求不坐机关，非要去当片警。当时我和李良都骂他傻×，他说：“你们才是傻×。”然后发表了他著名的“权力论”。在演讲的最后，王某人表现出一个怀疑论者的素质：“机关里的科长一月千把块，片警据说可以拿几千，你说哪个官大？”

事实证明了王大头的英明，五年以后，他已经是一个繁华商业区的派出所所长，有车有房，比毕业时胖了整整四十斤。我常常打击他，说：“四十斤啊，要是猪肉够你吃一个月的。”

下班后开着公司的桑塔纳赶往市中心的“皇城老妈”火锅店，看见王大头正坐在包间里跟女服务员吹牛。王大头也算是文学青年，藏书万卷，以欧美文学居多。王自诩过目不忘，但不止一次说道格拉斯写的《物质生活》和《情人》如何如何，写《海底两万里》的凡尔赛又如何如何。

我走进包间，这厮正跟小姑娘痛陈家史："夫妻本是同林鸟，大难来时各自飞。君生日日说恩情，君死又随人去了。"我喝了口茶，说还不如改成"君生日日被君×，君死又被人×了"。小姑娘红着脸出去了。我说："大头，你他奶奶的又想祸害良家妇女。"大头憨厚地拍着肚皮，说他那天看见赵悦跟一个帅哥走在一起，表情暧昧。"你娃头上冒绿光了哦！"

保全了赵悦的名节，我和王大头达成共识，绝不将此事外传。过了几天，赵悦请我们吃饭，她那天衣着朴素，不施脂粉，自始至终低头不语，我说："你老不说话，我们哥俩也喝不高兴。"赵悦眼含泪光，说她只想说一句：她对我们俩的恩情没齿不忘，但如果有第三个人知道了，她立刻自杀。我和王大头异口同声地发誓，说我们如果说出去了，就是狗娘养的。回宿舍的路上，王大头说了一句话将我深深打动："赵悦其实挺可怜的。"我说就是就是，想起她含泪的眼睛，心中有点异样的酸痛。

李良推门进来，一边挥手一边大声嚷嚷："赶紧补仓，赶紧补仓，能买多少买多少！"这个投机分子今天穿得十分齐整，西装笔挺，分头锃亮。大头说龟儿子看起来像个坐台鸭王。李良说没办法，一切为了丈母娘。他下午去女朋友家相亲，打算五一结婚。我问谁家的闺女那么倒霉，居然落入你的魔掌。他说："你认识的，叶梅。"我心里咯噔一下子，说我×，然后就盘算该不该将那天的事告诉他。

喝光了李良带来的五粮液，我们又一人叫了一瓶啤酒，李良的表情很兴奋，说他打算在府南河边买一栋别墅。"楼上我们两口子住，楼下就是咱们的麻将房和活动中心。"我说："你结婚后还想不想去换妻俱乐部？"他脸红脖子粗地摇头："你要拿赵悦来换，我就跟你换！"有一次我跟他说起那家叫"同乐"的私人俱乐部，李良流着口水赞叹，说他要有老婆一定要带去见识见识。后来董胖子告诫我，说他那个朋友黑白两道混，别再去招惹他。王大头一听来了兴趣，说："什么换妻俱乐部，我怎么不知道？"我绘声绘色地给他讲了一遍，大头听得两眼直放贼光，深恨"世间有奇事，吾人不知之"。

吃到一半，叶梅打电话来，李良那个肉麻，躲到角落里咕咕哝哝地又说又唱，过了半天把电话递给我，说叶梅有话要跟我讲。

电话里声音嘈杂，王大头正剔着牙看球赛，坚决不允许把电视声音调小，我只好走出来，听见叶梅说："我那个没来。"我没反应过来，问她："谁没来？"她说："不是谁，是那个！"我说："到底是什么啊？"叶梅一下火了："×你妈，老子这个月月经没来！"我说："会不会是李良惹的祸？"叶梅又骂了一声，说："他连老子的手都没碰过。"

我也有点火，这几年还没人这么骂过我呢，我冷冷地问她：“那你说怎么办？”她一下子哭起来，说：“我要有办法还找你干什么？”我脑子飞快地算计了一下，想这事不能在成都解决，就跟她说我们礼拜六去乐山做手术，让她想好怎么跟李良说。

四

走在成都的大街上，每个人都似曾相识，每一个微笑似乎都含有深意。一个眼神，一次不经意的回首，都会使记忆的闸门汹涌打开，往事滔滔泻落。

有一次在杜甫草堂门口买烟，卖烟的老太太叫我小名：“兔娃儿，你也长这么高了！”她说她多年以前是我的邻居，但我绞尽脑汁也想不起曾有过这样一位邻居。还有一次我酒后坐上一辆人力三轮，车夫说你娃现在混得不错啊。我说：“你是谁，我怎么不认识你？”他说：“我是你小学同学，陈三娃，跟你一起偷过女生书包的，你都忘了？”

我想一定是我的记忆出了问题，从某个时间起，生活的记忆开始大段大段被删除，我曾经偷过谁的书包吗？我曾经在府南河边跟谁牵手同行吗？我曾经在某一天，为谁的微笑如痴如醉吗？

我不记得了。

那你记得什么？我问自己。

一些色彩绚烂的往事如飞鸟般不请自来，我看见我在不同的场合端起酒杯，看见无数隐含深意的笑脸，看见形形色色的女人凌晨睡在我的臂弯。有一些细节如此生动，我看见1998年的我西装革履地坐在钻石娱乐城，搂着浓妆艳抹的坐台小姐，把手伸进她的裙底，让她猜是几个手指。“三个。”她说。“错，”我哗地掀开裙子，“是四个！”

董胖子敲敲门走进来，他自从当了总经理，肚子越发壮观，走起路来四平八稳，像个大干部。我说：“董总大驾光临，不知有何指教。”他说：“你娃少整酸的，告诉你个好消息，销售部涨工资的事总公司批了，但不能全涨，最多百分之二十，你自己斟酌个名单，明天交给我吧。”

我看着他臃肿的背影暗暗骂了一句，这胖子面带猪相，心头嘹亮，我确实低估了他的智商。现在不管我给谁涨工资，剩下的人肯定都要怨我。如果董胖子再给我添点油盐酱醋，说涨工资的都是我的亲信，没涨的都是我的眼中钉，那么我在销售部辛辛苦苦树立的威信就要泡汤。造谣诽谤是董胖子的拿手好戏，前任总经理就是因为他的一封信下台的，据说信里罗列了几大罪状，有男女关系，有贪污受贿，还有奢侈浪费。

不过这也难不倒我。我把汽修部、配件部和油料部的三个主管叫到办公室，把名额分配一下，让他们分别给我报计划。赵燕说：“老大，这下你的二奶飞了，看来只够一次性消费的了。”刘三对着我不怀好意地眨了眨眼。我笑笑无话，看着赵燕一扭一扭地走出去，臀部丰满，双腿修长，肌肤如雪。

回家后我跟赵悦说要五千块钱，她问干什么用，我说最近不小心，让一个良家妇女怀孕了，要打胎。这是我对付赵悦的绝招之一，每次我说真话，她都以为是开玩笑，而越是遮遮掩掩，她越要盘问到底，我们家的很多碗都是这么碎的。赵悦恶狠狠地说了句："你要真敢胡来，我一定把你割了。"我把她紧紧抱在怀里，赵悦顿时软作一团，我心里叹了口气，想：你真要割的话，把两条腿加上也不够你割的。

赵悦问究竟要钱干什么。我说周末要去乐山出差，拜访客户。赵悦问为什么不从公司借钱。我说上次的借款还没报销，前款不清后款不借嘛。说到这里我心里一麻，想这些年我欠公司的钱该有二十几万了吧，得想个办法才行。上次太监们来审计时，就对我的欠款问题问了半天。

叶梅怀孕的事情让我无比烦躁。我以前也让几个女人怀过孕，比如我的油条情人，还有一个四川大学英语系的学生，那些都好处理，给她们几千块钱，她们就心满意足地做掉了，根本不用我出面。这次竟然是好朋友的未婚妻，我真是觉得愧对李良。

周六中午，我开车到锦绣花园接叶梅，她穿一件粉色的无袖紧身衣，胸部高挺，脸带红霞。我问她怎么跟李良说的。她哼了一声，说："你管老子。"我暗骂了一句"贱婆娘"，往CD里放了一张理查德·克莱德曼的钢琴曲，一直到乐山也没跟她说一句话。

我每次到乐山都住在就月峰宾馆，这里景色优美，走几十步就到大佛，更有个好处是，这里几乎集中了乐山市所有的美女。1996年桑拿部刚刚开业，乐山的客户带我来潇洒，上百位环肥燕瘦的美女在浴池里玉体横陈，任人挑选。他问我："小陈当过皇帝没有？"我说："什么叫当皇帝？"他说："就是有后有妃，前后不空啊。"我流着口水说要当要当。那天我们两个花了不下五千块钱，出来后我咂咂嘴，想当皇帝是挺好。

我和叶梅一人开了一个房间，我说："今天先休息休息，明天陪你去医院。"坐了两个多小时的车，她好像有点疲倦，我突然又想起那个混乱的夜晚，在我解开她衣服时，她在想些什么？赵悦那时早该睡了，她又会梦见些什么？

一想起赵悦，我就很难过，这么多年，我在外面花天酒地，很少关心过她。赵悦除了收拾家务，还经常去照顾我的父母，爸妈跟她好像比跟我还亲。去年春节父亲给我们的新房子题词，就是"逆子孝妇"。她工资比较低，但买房子的钱很大一部分是她出的。昨天回家看见她正在吃九毛钱一包的方便面，我的心立刻就像猫抓一样疼痛。五年多了，我想我也差不多玩够了，该收拾好身心正经过日子，好好疼自己的老婆了。这时窗外开始下雨，江水滚滚，木叶飘摇，我看着天边的闪电发誓：帮叶梅打完胎，回成都把欠公司的钱处理了，我就洗心革面，好好做人。

跟叶梅出去吃了碗肥肠粉，我坐在房间里默默地抽烟，在心里检讨自己的前半生。叶梅推门进来，拿起我的烟点了一支，直直地看着我。我说：“你看什么？”她不说话，就是直直地看着我。我心里有点发毛，说：“你不是神经错乱了吧？”叶梅把烟掐了，四仰八叉地躺在床上，说：“×你妈，再跟老子玩一次。”我哭笑不得，说：“第一，不许骂人；第二，你现在是我好朋友的女人，我绝不会再碰你。”叶梅说：“×你妈，你开始装好人了嗦？你那天不是挺有劲的吗？”她说完跳起来，猛然将我扑倒在床上。

她的力气可真不小。

五

李良说他五一在岷山饭店摆酒，让我帮着张罗酒席和车队，我问按什么规格来，他牛 × 了一把：“酒席五十桌，每桌两千块，车至少二十辆，最差都要凌志。”我说：“装逼犯，你有钱烧的？”他嘿嘿地笑，说他这辈子只打算结这一次婚，一定要“华贵庄重，让世人侧目”。

其实李良把很多事情都看得很透，不是简单的一个词“庸俗”所能评价的，我甚至怀疑他知道我和叶梅的事。打胎那天，他莫名其妙地给我打了个电话，我问他在哪里，他说正带着叶梅逛街呢。我几乎脱口而出说他撒谎，心想：你骗鬼啊，叶梅正躺在手术台上哼唧呢。李良嘻嘻地笑了几声，支吾了几句把电话挂了。打完胎后我跟叶梅说起这事，她说：“李良的鬼心眼比谁都多，就你娃是个蠢猪。”

那天晚上的叶梅极其疯狂，让我感觉像是被她强奸了。窗外风雨大作，叶梅披头散发地横跨在我身上，双手粗暴地撕扯我的头发，我说：“你轻一点行不行？”她咬牙切齿地回答：“× 你妈，不行！”我没想到这个斯文娴静的姑娘身上会蕴藏着这么惊人的力量，像一头死了崽子的母狼一样，一口一口撕咬着我的身体，让我心胆俱裂。

云收雨歇的时候，叶梅突然扑在我身上号啕大哭，她的头发柔顺飘逸，她的肌肤凝滑如脂，泪水一滴滴落到我的脸上，冰凉苦涩，让我记起许多往事。心中有愧疚，有怜惜，有一些说不清的柔情蜜意，我静静地躺着，直到她压得我喘不过气来。我拍拍她的屁股，说：“骚婆娘，该起来了吧。”叶梅顺从地起身下床，穿戴整齐，在镜前做了一个无声的美丽笑容，然后推门而出，没跟我说一句话。

回成都的路上我买了两只土鸡，对叶梅说回家好好补一补，叶梅的眼睛里有一些感动。我发现自己最近有一些变化，知道疼人了，可能是老了的缘故吧，我想。在温柔的音乐声中，叶梅像个孩子一样沉沉睡去。

回到家六点多了，我问赵悦：“新开的那家火锅店叫什么名字？我们晚上一起去吃。”赵悦很惊奇地问：“你今天不用应酬啊？”我说：“不应酬不应酬，今天一心一意地陪老婆。”她笑了一下，说：“可惜今天我要应酬。”说完背起皮包，穿上高跟鞋，咯噔咯噔地下楼了。

我一个人在家里越待越郁闷，还有点不被重视的恼火。电视遥控器快被我摁烂了，啤酒也喝下去两瓶，我终于忍不住给赵悦打电话，问她什么时候回来。她说：“你先睡吧，我还要过一段时间。”听得我无名火起，拨通了李良的手机，约他去洞洞舞厅跳舞。李良说：“烂人，你能不能有点高尚的追求？”然后听见他跟别人说：“龟儿子要去洞洞舞厅。”我估计那肯定是叶梅。

洞洞舞厅是成都一个著名去处，原来是革命年代的人防工程，改革开放后，一部分改作地下商场，另一部分根据成都的美女优势开了几十家歌舞厅。说是舞厅，但我从来没在那儿见过正经跳舞的，一般都是挑一个姑娘搂在怀里，一边摩摩擦擦一边上下其手。一曲终了后给五块、十块钱小费，就算交易完毕。如果感到满意，可以进一步洽谈价格，根据我的经验，带出来的可能性是百分之八十。

我刚走进舞厅，一个跟我有过一夜姻缘的高个子姑娘就迎了上来，说：“好久不见你了哦。”我拍了一下她的屁股，说：“哥哥今天不跳舞，就看看。”她不满意地哼了一声，转身就被一个胖子搂在怀里，两个人像鳔胶一样黏在一起，姑娘的腰肢不停摆动，用耻骨有节奏地摩擦胖子的裤裆。胖子吧嗒着嘴，两只猪蹄一样的肥手上下乱摸，那姑娘对我无可奈何地笑笑。

我突然记起这姑娘背上有一块巨大的黑斑，十分吓人，顿时没了胃口。这时正是黑灯时间，舞厅中鬼影绰绰、暗无天日，我的眼睛一时适应不过来，像瞎子一样跌跌撞撞地往里走。旁边有个人轻轻拉了我一下，说过来坐。我循声坐过去，黑暗里一张脸渐渐浮现，我的油条情人正在对我微笑。

李良毕业后在我家借住了半个月，后来就到锣锅巷租房子住，我在家里住得气闷，于是搬来和他同住。巷口有一家小吃店，我就在那里遇见了油条情人，那时她刚从农村出来，穿一件碎花的上衣，七月天都把扣子扣得严严的，全神贯注地对付锅里翻腾的油条。我问她：“你不热啊？”她的脸立刻红了，神情羞涩，让我想起了我们班的学习委员——湖南的丁冬冬。

毕业前夜我和丁冬冬在假山背后拥抱长吻，我悄悄地解开了她的乳罩，丁冬冬沉迷地哼哼着，正当我准备进一步行动时，她忽然清醒过来，喊了三声“我不”，红着脸逃回宿舍了。这成为我大学时代的三大遗憾之一。另外两件：一是四级连考三次都没过，最倒霉的那次只差半分；二是承包学校的录像厅，半夜里放黄色录像被保卫处抓获，发财梦就此破灭。

油条情人一开始就对我有点意思，挑给我的油条总是又大又肥，让李良十分吃醋。我背着李良去挑逗了她几次，她总是笑嘻嘻的，不点头也不发火，让我十分着迷。后来有一天她问我能不能帮她租一套房子，我欣喜若狂，连说没问题。就在她搬家的那一天，我用近乎强奸的方式进入了她，她不叫也不喊，就是不停挣扎，抓得我满身是伤。事毕之后我突然害怕起来，垂头丧气地说：“你去报案吧。”她一言不发，过了一会儿，拉拉我的手，说：“你再来吧，这次轻一点，疼。”

油条情人跟我同居了三个月，每天洗衣做饭，把屋子收拾得干干净净，看见我回来就红着脸笑。那段岁月平静如镜，我每天上班下班，看看电视做做爱，后来想想，那大概是我一生中离幸福最近的日子。有一次因为她吃了一瓣大蒜，我把她骂哭了，这是那段岁月里最深的记忆。赵悦来成都前，我对她说：“我女朋友要来了，我们分手吧。”她怔了怔，眼泪唰地流了下来，我说：“你不要这样不要这样。”她不出声，就是无声地流泪，哭了整整一夜，劝也劝不住，搞得我也很心酸。天快亮时，她擦干眼泪，亲了亲我的脸，说：“陈重，你给我些钱吧，我要去打胎。”

我承认自己是个负心男人，我只对她的身体感兴趣，分手之后，她给我打过几次电话，我怕赵悦起疑心，听都不听就直接挂掉，没想今天能在这里遇见她。

她说：“你跳舞吗？我不收你的钱。”

我心里一阵揪痛，鼻子酸酸的。眼前的男男女女互相紧箍着，用各种恶心的姿势互相顶擦，一只只奇形怪状的手在女人身上胡乱揉搓，我第一次觉得这里是如此肮脏。我转过头，看着这个曾经那么单纯的姑娘，她被这些男人抱在怀里时，是什么样的心情，会想起我吗？

我说：“你怎么会到这里来？”她低下头小声说：“为了钱呗，还能为什么？”我说：“你不是要回家吗？”分手的那天，我问她将来怎么办，她说打完胎就回家，再也不出来了。

舞厅里人越来越多，几个家伙伸手过来拉她，都被她拒绝了。她靠在我肩上，叹了口气说：“我不想下田，我吃不了苦，现在当农民也挺难的。”

她的手柔软光滑，我还记得刚认识她时，她手上有一些硬茧，摸起来十分粗糙。是什么让这个单纯质朴的姑娘成了一个舞女，甚至是一个妓女？在那间阴暗龌龊的舞厅里，我想，是我，是这个城市，还是生活本身？

舞会散场了，我拿出一千块钱来给她，她激烈地拒绝。我说：“那好吧，我送你回家。”她笑笑说：“不用了，我和男朋友一起住，不太方便。”我问她男朋友是做什么的，她说：“他在工地上打工。”停了一停，她像是看出了我心中的疑问，说：“他知道我在这里。”

我打开车门，听见她在背后叫我：“陈重！”我回过头来，看见她眼中泪光闪烁。她一字一句地说：“你要是想起我，就给我打个传呼吧。”

六

星期一开早会，董胖子在会上反复强调职业化："穿职业装，讲职业话，用职业思维。"讲到激动处手舞之足蹈之，一身肥肉抖抖。我坐在他旁边皱着眉头抽烟，想人为什么一当了官就会变得道貌岸然。

去年七月份董胖子跟我一起应酬客户，在夜总会里叫了几个小姐，他那天的表现真是惊天地泣鬼神，我算是明白了什么叫作"蹂躏"。看那阵势，要不是我们坐在旁边，他吃了那个小姐的可能性都有。该小姐先是微笑，接着闪躲、推拒，最后竟然发出非人的声音，十分恐怖。更可气的是，他除了百般蹂躏他自己的，还不停骚扰我的那个，问人家是真胸还是假胸，穿什么颜色的内裤，问完了还非要检验检验。

要给小费了，这厮就开始黏糊，把小姐叫到门口讨价还价。"你不是只为了钱吧……咱俩耍得这么好……"接着听见他义正词严地谴责，"你怎么能这样？庸俗庸俗……我这里就一百块钱，你要不要？不要算了……哎，你掏我钱包干什么？"听得那个叫赵大江的客户怒火万丈，拿着一沓钞票走了出去，说："小姐辛苦了，一百块还回去，这些你收下。"董胖子不以为耻反以为荣，第二天得意扬扬地对我说：“出来玩，要少花钱多揩油，陈重你要跟我学学才行。”我连连说你道行深我学不了，心想人可以风流，也可以偶尔下流，但怎么能像你那么下作。“下作”一词是跟赵大江学的，第二天他打电话来评董胖子曰：“× 他个妈的，没见过那么下作的！”他是东北人，性格爽朗得很。

董胖子讲完了，挥了挥肥手，问我：“陈经理有没有什么要说的？”我心想说就说，也让你见识见识什么叫水平，站起来清了清嗓子，说董总的意见我非常赞成。职业化的问题，说到底就是怎样完成自己职责的问题，职业装、职业用语，都是职业化的外在要求，更关键的是看你的业绩。“完不成销售任务，”我把脸转向销售部的员工，“就算你天天西装革履、打着官腔，我也只当你是个瓜娃子！”回头看见董胖子的脸铁青着，像一只沤烂了的大茄子。

快下班时会计找到我，说我上周报销的促销费用有问题，没有加油站的确认函，不能报销。这次促销活动是我联系四川石油公司一起搞的，只要在川石油的加油站加油五百公升，就可以到我们修车厂免费做一次汽车保养，保养费用由川石油结算。一个月下来，光是保养业务就做了二十几万，可以算是稳赚不赔的生意。我填了一张一万八千多元的报销单，其中有三千多的花头，就像我在酒吧听过的一首歌里唱的：“我的贡献很大，我的收入很少，每天贪点小便宜，偷偷地搞一搞。”

这世界永远那么不公平，你用才智换来的金钱，只有那么一点点是属于你的，大部分都给了我那个永不见面的老板。所以我经常会从业务中捞一点好处，我相信高尚来自于衣食无忧，仓廪实而知礼节，如果让李良来干我的活儿，他一定不会像我这么贼眉鼠眼的。

我跟会计吹胡子瞪眼，说："加油站是人家川石油的，我凭什么让人家确认？"会计赔着笑，说："这都是董总的意思，您还是找他商量吧。"我愤然而起，一把推开总经理办公室的门，把报销单摔在桌上，说："董总，这是他妈的怎么回事，还让不让人干了？"董胖子跟我打官腔，说："陈重，不要急嘛，我都是按公司制度办事。"我说："少跟我扯，你就说这活动还搞不搞了吧，不搞我马上就给川石油打电话。"胖子犹豫了半天，最后悻悻地在报销单上签了字。

把钱领出来后我给赵悦打电话，说请她到锦江宾馆吃刺身，赵悦"哇"了一声，说不用那么奢侈吧。她一直都很节俭，一顿饭超过一百块就会心疼，我上次花七百元买的黛安芬，她居然一直不舍得穿。心情好的时候我会批评她："你也算白领了，怎么还跟个柴火妞似的？"她多半会笑笑，说："我哪算白领，最多算白领的家属。"

下班后我到楼下花店买了一大束红玫瑰，三百六十八元，卖花的小姑娘笑得脸都烂了。我在卡片上写道："老婆，你长胖一点会更好看，所以，吃吧吃吧。"小姑娘抿着嘴笑，我问她：“我对老婆好吧？”她说：“好感动啊，我将来找老公就要找这样的。”这话说得我心里痒酥酥的。

我捧着一大束鲜花趾高气扬地走进锦江宾馆，路上行人纷纷侧目。我挑了一张靠窗的两人台，坐下来给赵悦发了个短信息：“夫已到，速来吃。”这是我们两口子床上的暗号，一般情况下都是我问她：“想不想吃？”她点点头，然后我就问她怎么吃，可选的吃法很多，有正吃、倒吃、背后偷吃，遗憾的是她从来不肯跟我“口吃”。我在心里想着赵悦看完短信后欲笑不笑的小样儿，转句文叫“浅靥轻笑，情难自已”，身体不禁有点膨胀。赵大江上次送了我两颗伟哥，我想今天晚上是不是有必要服用一颗。

五星级酒店的服务就是好，不到一个小时的时间，茶就添了四次，我坐不住了，打电话给赵悦，问她怎么还没到，赵悦的声音听起来十分遥远：“我晚上有点事，过不来，你自己吃吧。”我的脸马上阴了下来，说：“不是约好的吗？”赵悦像外交官一样打起了官腔：“真的有事走不开，下次吧。”我大怒：“你怎么整天跟个事儿逼似的，什么他妈的事那么重要?！”赵悦也开始不逊：“你才是事儿逼！不就一顿饭吗？我就是不去，怎么了?！”说完砰的一声把电话挂了。

我气死了，在心里怒骂“× 他妈的”，也不知 × 的是谁的妈，把手机重重地摔到地上。服务员眼明手快，一把捡起来，说先生您的手机掉了。看着她乏善可陈的脸，我心里涌起一阵悲哀。要是赵悦也这么善解人意该多好啊。我把卡片从花丛里拿出来，恨恨地撕碎，心想：让你吃，让你吃！然后站起来大步朝外走。服务员在背后叫我："先生，您的花。"我对她笑笑，说："送给你了。"她惊愕地瞪大了眼睛。

七

我想我应该好好和赵悦谈谈了。这段时间我们总是在吵，为了一顿饭、一句话、一个眼神，一吵起来就收不住，互相揭疮疤揭得鲜血淋漓，气极了我甚至想跟她比武。赵悦有个爱总结的毛病，每次吵完之后都要把责任划清楚，你哪句话说得不对，因为你说了什么所以我又说了什么，等等。所以每次大吵过后总会跟上一小吵。我说咱们俩快赶上曹操对关老爷了，三日一大吵，五日一小吵。她也气得笑。

从锦江宾馆出来，我沿着府南河走了很久，河水中光影闪烁，旁边不时有情侣牵手走过，低低的耳语、轻轻的笑声，让我很伤感。赵悦刚和我谈恋爱时非常温柔，替我把一切都张罗得妥妥帖帖的。我们经常在晚饭后携手散步，小树林里、山坡上、礼堂背后的草坪，都有我们笑过哭过的印迹。有一次我发高烧，她连续在校医院陪了我两天，连眼都没合过，结果我高烧退了，她却一头撞在墙上，困的。一想起这些我就心酸，我们曾经有过那么美好的感情，为什么会走到今天？春节前有一次吵得特别厉害，整栋楼都被我们吵醒了。我向她郑重建议："算了，别说那么多了，我们离婚吧。"她说好好好，明天就去民政局。天一亮两个人就后悔了，我问她："还去民政局吗？"她哇的一声哭了出来，一头扑进我怀里，用粉拳捶着我的胸膛："呜呜呜……我还是舍不得……呜呜呜……"

回家后我给自己泡了壶茶，盘算怎么做赵悦的思想工作。首先我应该向她承认错误，在心里设计台词："是我不对，不该发脾气。你说得对，不就是一顿饭吗？没什么大不了的。再说，我还可以给你打包嘛。"顺便说说花的事，想到这里有点心疼那三百多块钱。赵悦听了肯定感动，然后我就应该趁热打铁，提出本次访谈的主题：宽容、克制、理解。在策略上，以攻心为主，重点进行鼓励表扬，捎带着来点批评教育，不到紧要关头绝不瞪眼骂娘。

为了烘托气氛，加强说服力，我翻阅了我们婚恋的全部资料：我 1997 年送给她的青纱，她 1998 年织给我的围巾、一副带钥匙的手铐，那是我们在青海湖旅游时买的，此后的很多个夜里，赵悦都要把我铐在身边才肯睡。还有二十三封信、十六张贺卡、两大摞照片。她把我所有的诗都抄在一个黑皮本子上，取名叫《黑夜的放逐》，并在扉页上题词：你爱读书我爱你，就像老鼠爱大米。记忆里有一个细节异常清晰，我看见她抬起头来，目光清澈、神情庄严、略带伤感地说："就算你将来不要我了，也要把这个本子留下。"

那天晚上赵悦一直没回来。我等到三点多，撑不住了，怀着一腔幽怨睡去。醒来后听见楼上在放任贤齐的《伤心太平洋》：

往前一步是黄昏
退后一步是人生
……
浮浮沉沉往事浮上来
回忆回来你已不在
……

万千思绪被忽然勾起，眼泪止不住地流下来，我哽咽着跑到卫生间，看见自己在镜子里泪流满面，分外美丽。

公司这个月的销售有点问题，比去年同期下滑了百分之十七以上。我接到报表后非常吃惊，我们一直是川渝市场的霸主，尤其是车用油方面，几乎无人可与争锋。我曾经跟王大头吹牛，说如果我们停业三个月，四川至少有十万辆车动不了。王大头无比景仰，说："你娃牛 × 透了，我封你当车神好不好？"

我把销售部员工召集起来分析原因、研究对策，大家你一言我一语讨论了半天，我渐渐有了主意，站起来讲我的方案：一、针对新崛起的"兰飞"品牌，召开大规模的订货会，全面挤占经销商资金；二、针对全川所有的汽修厂，制订一系列促销计划，疏通销售的终端环节；三、加大广告力度，在川台、有线台和广播电台进行为期一个月的广告轰炸，实施立体化的销售战略。我让赵燕在下班前整理出会议决议上报总公司，她小心翼翼地问："要不要报董总签署意见？"我横了她一眼，骂了一句粗话："他懂个锤子！"然后宣布散会。出门后还在怪赵燕不懂事，心想：我做出的成绩凭什么让董某领功？

这话很快就传到了董胖子耳朵里，他气鼓鼓地来找我，像癞蛤蟆一样吹了半天气泡，说："你也太不尊重我了吧，讲这种话。"我点上一支娇子，吐了口烟，说："董总，您的专长是内勤管理，销售方面还是不要干涉的好。"他大怒，把赵燕叫进来，大声命令："没我的签字，谁也不许向总公司传送文件！"说完拂袖而去。赵燕问我怎么办。我说："照传不误，天塌下来我顶着！"赵燕犹豫了半天，小声说："你没必要和他搞得这么僵，两败俱伤对谁都没好处。"

春节前"兰飞"车用油曾找过我，准备高薪把我挖过去，我当时苦笑了一下，心想：我倒是愿意跳槽，但欠公司的二十多万谁帮我还啊？

想起钱的事我就头疼，前任总经理是个慈眉善目的小老头，除了好色没别的毛病，对我言听计从，从来不追究我欠款的问题。现在换了该死的董胖子，我们俩一进公司就开始明争暗斗，现在又搞得势成水火，这厮一定不会轻饶了我，我要想点办法才行。

我给李良打电话，问他最近期货市场情况如何。他说形势很好，不是小好，而是一片大好，仅仅一个月，他账面就增加了二十多万。我试探着问他，如果拿四百万让他代炒，一个月能赚多少，电话里传来一阵噼里啪啦的声音，我估计是在按计算器，过了一会儿，听见他说："炒得好能有一百多万。"听得我怦然心动。

我这个职位看起来不起眼，实际上权力很大，每个月过手的货款至少有一两千万，公司管理也不是很严格，开个私人账户，分期分批地挪用一部分，神不知鬼不觉的，谁都不会发现。这点我和王大头的观点一样，认为有资源而不去利用就是最大的浪费。钱啊，真是好东西，去年泡了个漂亮的女大学生，身高一米六八，前挺后撅，十分诱人。我送表，送手机，送戈尔捷坤包，终于把她骗上了床。后来在"仁和春天"看见一套三千七百多的宝姿连衣裙，她穿上试了一下，越发显得袅袅动人，缠着非让我买。我一时手紧了一下，她再也没理过我，前功尽弃很是可惜。当时我就想：如果手里有几百万，像你这样的小妞还不是手到擒来？

我跟王大头商量，他兜头就是一盆冷水："你龟儿猪油蒙了心了嗦？少给我打这种鬼主意！赚了当然好，要是赔了呢？你娃哭都来不及。"我说："我先投进去几万试试手气，应该不会有大问题吧？"他说："你自己拿主意吧，最好回家跟赵悦商量商量，她比你聪明多喽！"

八

二十年前的成都没有这么多人，府南河也清澈得多。我住在水电厅大院里，一放学就和一帮小混混搞在一起，疯打疯闹，一身泥水。我所有的不良习惯都在那时养成：自私、冷漠、满嘴粗话。

有一天玩到很晚才回家，爸爸骂我，我桀骜不驯地回嘴："你娃少管老子的事，你懂个锤子你！"结果被痛扁，屁股疼了半个月。稍大一些就开始酗酒、看毛片，在大街上尾随美女，为长成一头色狼做好了一切心理和生理准备。那时李良也许正在眉山的农田里插秧，王大头躲在西安的某个角落里偷吃羊肉，赵悦正为了父母吵架而哭哭啼啼。

二十年前的我们对生活一无所知，但都会在某个时刻走进这座城市，走进生活的洪流里，快乐分享，忧愁共担，聚成今生的因缘。

每次回家，都会觉得妈妈头上的白发又多了一些。她一生都为了父亲和我们姐弟活着，从来羞于表达个人意见。有时我会想：她一生中有没有过外遇的念头？会不会曾像我一样，宁愿为了一时的快乐抛下一切？

老太太看见我进来，装作很恼火的样子，说：“你还知道回来啊。”我笑嘻嘻地靠在她身边，说：“你儿子忙嘛。”她说：“忙个屁忙，也没见你给我弄出个孙子来。”这也是我不愿意回家的原因，每次一回来就催着我弄孙子，好像我是头百发百中的种牛一样。不过说来也奇怪，我和赵悦放弃避孕快两年了，她的月经还是风调雨顺，从不爽约。在我妈的威逼下，我们去金牛妇幼保健院检查了两次，结论是一切正常。第二次给我们检查的是我妈原来的部下，她秘密传授给赵悦很多种受精方法，比如仰卧、深吸、屁股垫高等等。回到家里赵悦就要求按科学方法吃我一次，吃得我意兴阑珊，刚到半场就全军覆没。

我问妈老汉去哪里了，她说肯定在王叔家下棋。我爸是个臭棋篓子，刚上小学他教我学围棋，两个月后我就敢饶他两子。他退休之后参加了一个老年围棋班，自以为棋艺大进，非打电话让我回家比画比画。那天下了七盘，我七战七胜，最后一局爸爸本来占优，收官时一不小心被我围住了一大块，怎么都做不出两只眼。他要悔棋，我不干，爸爸愤怒异常，伸手把棋局胡噜了，用河南味的普通话骂我：“我算是白养了你这个畜生！什么嘛，悔个棋都不让！”赵悦站在旁边强忍住笑，刚出门就前仰后合得几乎摔倒，说我爸真可爱。

吃了妈妈做的豆腐皮包子，喝了爸爸泡的高山云雾茶，觉得心情好多了。爸爸一直批评我活得太浮躁，想想很有道理，人生的幸福有很多种，平淡是其中之一。回家的路上我想是不是该下力气弄个儿子了，让生命圆满，让生活风和日丽、万里无云。

夜里三点钟，赵悦翻身坐起，在黑影里低声哭泣。我两点多才合眼，被吵醒后烦躁异常，嘟嘟哝哝地说你有毛病啊，半夜里鬼叫鬼叫的。

自从她那天彻夜未归，我就改变了战术，坚决实行“三不”政策：不追问、不理睬、不客气。我想她应该主动向我交代吧，没想回来后还爱理不理的，严重藐视我的乾纲夫权。冷战持续了三天，两口子相安无事，就是下身有点难过。我睡前看着毛片自慰了一把，感觉也挺好，四仰八叉躺在床上，心满意足地叹了口气，心想看谁能熬过谁，我还不信治不了你个小样儿的了！

赵悦伸手把灯打开，靠在墙上哭得梨花带雨。我平生最见不得女人流泪，一见她哭肝就打抖，问她：“你怎么了，不哭了好不好？”赵悦哽咽着说：“陈重，你跟我说实话……呃……你到底还爱不爱我？”

根据我多年的泡妞经验，这种问题不能正面回答，必须避实就虚。因为不管怎么回答都是错：你说“爱”吧，她说你回答得太随便，不够真诚；说“不爱”更是死定了，等着挨白眼吧，如果遇上烈女，得个轻度伤残也是意料中事。1998 年我搞上一个金堂的富家女，在“加州花园”开的房，事毕之后她问我同样的问题，我说我就是玩玩，哪那么多爱啊情的。她像只陀螺一样猛然跳起来，光着身子到处寻找武器，那天多亏我反应敏捷，几下穿上裤子夺门而出，不然恐怕就要靠国家养着了。

我说："你为什么这么问？我爱不爱你，现在对你还重要吗？你都有企业家情人了，还要我这个穷老公干什么？"

她抱着我放声大哭，眼泪一滴滴落到我的脸上。我心里一凉，想完了完了，恐怕她真是有事发生了。赵悦不会说谎，有什么事都清清楚楚地写在脸上。毕业来成都后，我帮她收拾行李，翻出一个英俊男生的照片，背后还有一行字："给悦：愿此情长久。"那厮我认识，是1992级一个著名的草包，刚入学时他屁颠屁颠地跑到文学社来，非要报名加入。李良在旁边问了他几个问题，然后抱歉地说："你还是回去吧，我们文学社不招民工。"照片倒没什么，那行字看得我醋火攻心，汗都没顾上擦就开始刑讯逼供。赵悦几番辩解，怎奈我法眼如炬，只得招了，说草包约过她几次，她都没有答应，最后一次心软了一下，跟着他走了一公里，被他强行牵手。"但是我以我妈妈的健康发誓，绝对没有对不起你！"赵悦父母很早离异，她跟着妈妈过，要不是被逼急了，断然不肯说这话。

我穿上衣服，对赵悦说："你想说什么就说吧，我已经做好了准备。"她狠狠地掐我的胳膊，说："我知道你，你巴不得我在我外面有点什么事，好乘机甩了我！"哭得几乎昏厥。

我把柔肠全部收起，感觉心在一点点变硬，我问她："你敢说你一点事都没有？"她哭着说："没有没有，至少现在还没有！"我突然心里大痛，一把将她搂过来，紧紧地抱在怀里，闻见她发丛中淡淡的清香。

起床时快十点了，赵悦两眼通红，羞赧地笑了一下，看来心情不错。我打电话给人事部小刘，说我今天请一天假。这小子跟我耍贫嘴："陈哥是不是又要去开辟处女地啊？"我说："开你先人个板板，老子今天陪老婆逛街，全力耕耘责任田。"那边笑得哈哈的，说："你注意小腿保健污水处理。"赵悦洗漱完毕从卫生间出来，感觉焕然一新，我亲了她一下，说："我老婆真诱人。"她甜腻腻地笑。

我们牵着手走出家门，到玉林北路吃了碗汤鲜味美的煎蛋面，赵悦还陪我喝了半杯啤酒。趁她去卫生间补妆的当儿，我拨通了王大头的手机。

"龟儿子这么早找我有什么事？"这厮还在睡觉呢。

我说："大头，这次你一定要帮我。"

"见鬼了你，到底是什么事，你说嘛。"

我压低了声音："× 他妈，赵悦有外遇。"

九

发工资了。我到自动提款机上刷了一下卡，发现数目不对，我月薪六千，外加销售额万分之二的提成，上个月应该拿到八千二百多，但账上只收到七千三百块。我问会计是什么原因，他翻了一下账本，说我三月份有两天旷工，扣掉了九百块。我骂了一句，直接去找董胖子。

他正在和刘三谈话，这厮近一段时间拼命拉拢，请我的部下吃饭、送礼物，据赵燕说还有封官许愿什么的。昨天晚上十点多，她给我打电话，说："陈哥你猜我在哪儿？"我笑嘻嘻地说不在某人身下就在某人身上。她呸了一声，说她在滨江饭店，董胖子请她和刘三吃饭，暗示他们应该"弃暗投明"，刘三已经表了忠心了。她实在看不下去，跑到洗手间里给我打电话："你小心点，他们阴得很。"我的头当时就蒙了，像被谁狠狠砸了一下，实在没想到刘三也会叛变，这小子一毕业就跟我学业务，我像亲哥哥一样对他，每几个月涨一级工资，该教他的全教他了，还一步步把他提拔到主管，现在管七十几个人，如果他真跟董胖子串通起来搞我，那就麻烦大了。

我说："两位商量大事呢。"刘三的脸唰地红了，说："陈哥我先出去了，你和董总谈。”我大大咧咧地坐下，问董胖子：“我上个月的旷工是怎么回事？”他装傻，说：“一切正常啊，都是按制度办事。”我火冒三丈，说：“我他妈的什么时候旷过工？”他瞪我一眼，抄起电话把小刘叫进来，说：“你给陈经理解释一下。”

小刘看着我，挺不好意思地笑了笑，说：“陈哥你24号、27号没请假也没来上班，所以就画了旷工。”小刘不是我的人，但为人正直，董胖子写信投诉上任总经理时，内勤人员迫于他的淫威，都在上面签了名，只有小刘拒签，下班路上我问他，他说他做人的原则就是“绝不介入明争暗斗，绝不说违心话陷害别人”，令我肃然起敬。

我心里明镜似的，董胖子这叫一石二鸟，我和小刘都是他心上的刺，他巴不得我们两个斗起来呢。这厮大学时学的是政治学，精通一切搞人的学问，经常说自己“不在官场混实在是可惜了”。我强压着怒火，对他说我24号、27号都在外面陪客户，画旷工太没有道理了。他像个书记一样掐着腰，说：“公司制度有规定，外出要填外派单，你没填单我也没办法。”我冷笑了一声，说：“你是不是非要把事情做得这么绝？”他双手一摊，说：“你违反了制度，我也是爱莫能助啊！”这厮一向都是这个德行，割了鸡巴拜神，神烦死了，人也疼死了，说得冠冕堂皇，其实内心龌龊不堪。我愤然起身，把门摔得山响，办公大厅里一百多号人面面相觑。

过了一会儿，刘三跑到我办公室，问我内江的货款怎么办。我丢给他一支娇子，说："刘三，我对你怎么样？"他说："那还用说，没有你，我哪有今天？"说着动情地回忆起我对他的恩情，眼眶都红了。我心里悬着的一块大石落了地，想还好，刘三不是忘恩负义的人，我笑着问他："那你还向董胖子表什么忠心？"他一下子急了，说："我就知道赵燕是个小人，贱婆娘自己不要脸，跟董胖子眉来眼去的，还敢说老子坏话！"我问她怎么眉来眼去的，他学着赵燕的声音扭扭捏捏地说："董总你又成熟又稳重，是公司里最有魅力的男人！"我听得心里巨酸，连连说我×我×，心想赵燕可真是够贱的。

我在办公室里越坐越气，九百块啊，该死的董胖子，不能这么轻易放过他。我设计了无数种报复方案，其一是找几个人在路上截住他痛揍一顿，把那张冒着油光的肥猪脸砸个稀巴烂；或者在他那辆雅阁车上做做手脚，让他车毁人亡。想到后来，什么恶毒刁钻的主意都有，比如给他弄几支白粉烟，让他吸毒吸到家破人亡、妻离子散，或者给他打一支艾滋针，让他生不如死，浑身长满大疮。如果真有心灵感应一说，我相信董胖子那会儿一定肉颤不已。

王大头的电话把我从无休止的意淫中拉了回来，他好像喝了酒，含混不清地说我要的电话清单已经拿到了。那天听我说赵悦有外遇，他十分愤怒，说："我就知道这种女人不能要，贱货！"骂得我也很不高兴，我想这事虽然挺让人生气的，不过，不过，是的，我宁愿相信赵悦只是一时冲动。何况外遇的事还只是我的猜测，并没有亲眼目睹。女人在这种事上总能找到比男人更多的辩护理由。大三那年，李良交了个女朋友叫苏欣，重庆人，脸蛋一般，身材火辣，性格十分热烈奔放，说“锤子”的次数比我都多。有一天我们四个坐在一起吃饭，苏欣对李良说：“哪怕被你堵在被窝里了，我也要跳起来大声说：‘不！还没有进去呢！’”那天赵悦的脸色很难看，不过我相信她一定接受了苏欣的观点，打死不认账。

我托王大头打印赵悦的手机通话清单，我是这么理解的：如果赵悦只是一时发昏，我可以原谅她，但我必须要把事情搞清楚，否则就真成傻×了。要按王大头的意见，我应该一脚把赵悦蹬了。“这种事你也能忍？你他妈的还是不是条汉子？”他说得我无地自容，隐隐约约地有点恨他。

王大头的派出所位于市中心，我赶到时看见闹哄哄的一堆人，楼梯口铐着两个，还有一帮小脚老太正在大声嚷嚷。我听了一下，原来那两个被铐着的都是下岗工人，一人弄了辆小人力三轮，成都话叫“粑耳朵”的，没申请执照就擅自载客，城管没收车辆时，他们不但不听，还推推搡搡地叫板，就被抓到这儿来了。老太们路见不平，一路跟来主持正义，口沫横飞地要求派出所马上放人。

王大头躲在办公室里扫雷，看见我进来喟然长叹：“末法时代，妖孽横生啊！”我说：“你们也太黑了吧，人家自力更生，碍你们锤子事了？”大头苦笑一下，说：“上峰有命令，我也没办法。”说着拿出厚厚的一摞纸来，说：“你自己查吧，你老婆一年来所有通话记录都在上面。”

我心情复杂，不知道这摞纸对自己是祸还是福。门口人声鼎沸，室内日光灯吱吱作响，在王大头关切的目光里，我突然开始怀疑自己：我要知道些什么？知道了又能怎么样？我将怎样面对这摞纸里隐藏的那个事实？越过钢筋水泥的丛林，越过汹涌的车河人流，我看见赵悦正轻扬在回家的路上，裙裾飘舞，长发飞扬，她依然是那么美丽动人。而在这一刻，我想：她的终点还是不是我的终点？

王大头递了张纸巾给我，拍拍我的肩膀：“别伤心了，回家跟她好好谈谈，需要我做什么尽管说。”

一推开家门就闻见一股异香，赵悦穿着围裙从厨房里出来，笑得眼如弯月：“猜猜我做了什么给你吃？”我吸了下鼻子，说有竹笋烧牛肉、水煮鱼，肯定还有我爱吃的栗子烧鸡。她捅了我一拳，说：“你个馋鬼，居然被你猜中。”

这顿饭吃得很高兴，赵悦跟我妈学了一个月，厨艺大有长进，牛肉肥而不腻，鱼烧得鲜嫩无比，栗子清甜，鸡肉甘爽，吃得我直叹气。我吃完饭在屋里走了一圈，发现到处都擦得锃亮，衣服熨得展展帖帖，卧室里摆着我们的结婚照，镜框上有一个明显的口红印，恰好印在我的脸上。

柔情像潮水一样漫卷而来，赵悦靠在门上似笑非笑地看着我，我猛然把她抱起来，一把扔在床上，开始粗暴地撕扯她的衣服，她一边推我的手一边咯咯娇笑，越发使我欲火万丈，我几下脱光了，把她扳过来，从后面势不可挡地进入了她的身体，赵悦迷醉地抓住我的手，毫不顾忌地大声叫喊。在整点新闻的音乐声中，在隔壁哗哗的水声中，我们一起陷入癫狂。

事毕之后，赵悦用脸庞温柔地摩擦我的胸膛，我从肉欲的高山上滚落下来，表情如圣徒一样神圣和沧桑。世界一片虚空，我静静地躺着，身下潮湿，心中宁静，目光忧伤。一些念头在灵魂的最深处涌动，像渐渐迷离的成都夜空。多年前的几句诗沿时光飘飘而来，犹如天籁：

多年后的夜里
你掩面哭泣
青春的灯火若即若离
是谁让你一生怀疑
是谁守着最初的誓言 站在原地
谁在天堂
谁在地狱
谁在年轻的梦里一直找你……

鼻子酸酸的，有点想哭，赵悦搂紧我，面如桃花，目光清澈如水。记忆里一些光点瞬间聚合，我看见七年以前，在图书馆的台阶上，她夹着书本低头走过来，我拦住她："这么用功啊？"她含笑点头，我说："我想找个人陪我喝酒，不知道你愿不愿意去？"她笑嘻嘻地把书塞到我怀里，拉起我的手说："谁怕谁啊？去！"

我们俩严肃地互相注视，渐渐地，她的嘴角出现笑纹，笑纹渐渐荡开，越来越大，忽然"扑哧"一声，两个人莫名其妙地哈哈大笑，笑声爽朗无比，在屋子上空久久回荡。我们抱成一团，热切地互相抚摸，我身体的某个部位重新崛起，就在这时，我的手机响了。

赵燕气哼哼地问我："陈重，你怎么能这么办事啊？"我说怎么了。她说刚才董胖子找她，骂她叛徒。"我好心好意地告诉你，没想到你转身就把我卖了！你还是不是人你?！"她哭着喊道，砰的一声把电话挂了。

赵悦问怎么了，我咬着牙没说话。过了一会儿，我开始拨打刘三的手机，他不接，我固执地一次次重拨，最后终于听见他尖细的声音。

我说你给我一个解释。他迟疑了半天，说："陈哥，有件事我一直想问你。"

"问！"我咬牙切齿地说。

"董胖子写信投诉孙总，你明明知道，为什么不阻止，也不告诉他？"

其实这件事我也一直后悔，董胖子起事的时候告诉我，老孙是个废物，把他搞走大家都有好处，我也认为这是我的机会，所以就一直任由他们胡来，自始至终没说一句话。

我说："你就为了这个和董胖子一起搞我？"他不说话。我说："你出来，咱们当面谈一谈。"他说："既然都到这个地步，没必要再谈了。"我狂怒不已，说："刘三，我 × 你妈！"他在电话里笑了笑，说："我妈已经老了，陈哥，你要真想 ×，我给你找两个年轻的。"

十

李良的婚礼轰动了半个成都市。五一那天，二十辆油光锃亮的奔驰一字排开，从锦绣花园缓缓地开往滨江饭店，几个交警大队都打过招呼，所以一路上没有任何阻碍。

我开着一辆320走在最前面，心中哼着小曲儿，嘴上叼着中华，见红灯就闯，十足的“恶少”派头。李良神情严肃地坐在旁边，身上是三万多一套的杰尼亚西装，看起来牛×闪闪的。我故意逗他，说：“李良，我的儿啊，今天给你娶媳妇，你怎么还板着个脸？”他不笑，一本正经地告诉我：“我怎么感觉有点害怕呢？”我说：“有什么可怕的，叶梅又不会咬你，最多只是含着你。”他又气又笑，给了我一拳，然后仰面朝天，长叹了一声，显得很忧伤。

作为李良纯情时代的见证人，我了解他的每一任女朋友，甚至她们的乳罩尺码——别瞎想，是李良告诉我的。大一下学期，他爱上了体育系一位江苏姑娘，那姑娘长了一张标准美女的脸，大眼红唇，皮肤白皙，鼻子挺拔，但身材实在太烂，胳膊有我的小腿粗，膀大腰圆，虎背熊腰。江湖传闻，某年某月她在食堂跟一个四眼猛男抢位，刚交手几个回合，猛男就力竭而倒，坐地上咿咿呀呀叫唤，像中了吸星大法。这姑娘每天早上都要长跑千米，势如万马奔腾，胸前两座雄伟建筑甩啊甩的，波涛汹涌，十分壮观。有一天熄灯后闲谈，我们宿舍老六，山东来的陈超，手拍床沿，由衷地表达他对那个胸部的景仰："俺的娘哎，那简直就是两座泰山！"于是"泰山"这名字不胫而走。

不知道李良爱泰山哪一点，但我相信，那绝对是真正的爱情，李良每天都熄灯后才回来，不管我睡没睡，总要把我拉到水房背后，向我汇报一天的进程，他们什么时候拉的手，什么时候亲的嘴，李良什么时候用手攀上"泰山"，我都了如指掌。那时候的李良可真英俊啊，小脸红扑扑的，两眼明晃晃的，每天都写些"溯流而上／在河水中拥你入怀"之类的酸诗，令王大头十分不齿，没人的时候偷偷问我："李良这屁娃娃是不是脑袋进水了？"

后来暑假到了，泰山要回南京老家，我们一起去车站送她，他们两个眼泪汪汪的，执手相看，不停地抽鼻子，我在旁边想笑又不敢笑。火车开了，泰山在车内悲伤地挥手，后面的事情谁都没有想到，李良突然像只豹子一样蹿了出去，跟着火车飞奔，一路拍打车窗，声嘶力竭地大喊："小猪，我爱你，我——爱——你！"声音高亢嘹亮，令万人侧目。在离我大约一百米远的地方，李良扑通一声摔倒，我几步跑过去，看见他一动不动地趴在地上，鲜血慢慢地从头上流出来。

把你的梦告诉一万个人

梦就会长出翅膀

——李良，《爱情》

假期过后，他们很奇怪地分开了。我问李良什么原因，他什么都不说，只是闷闷地抽烟。他后来的几任女朋友也是这样，从认识到分手都没有超过三个月，我怀疑是李良的性功能出了问题。有一天我看书看到极晚，悄悄地爬上李良的床去拿烟，他本来是面朝里躺着，听到声音后猛然转身，脸色煞白，惊慌失措地瞪着我。我敢断定他是在手淫。

有一种人可以为了爱情放弃一切，譬如李良。我对这种人又崇敬又鄙视，心情复杂。我一直都把爱情当成是玩具，谁也不爱，或者说，我只爱自己——在任何时候。和泰山分手后，李良的精神状态极不稳定，常常会半夜里失踪。我和王大头揣着刀到处找他，最后看见他坐在女生楼对面的小树林里，面朝泰山的窗户，嘴里吹着不成调的口哨。我刚要叫他，被王大头一把拉住，这时月光倾斜了一下，像水银般洒满树林，我看见有两颗大大的眼泪，正沿着李良的脸庞慢慢滑落。

李良肯定是在想念泰山，我踩着油门想。他现在混得比我好，会赚钱，有地位，懂所有的哲学问题，但在我心里，他仍然是多年以前，那个羞答答的、穿五块钱一件T恤衫的一年级大学生。

为了让李良开心，我在婚礼上极尽搞笑之能事，我问叶梅：“你愿意接受李良做你的丈夫吗？”叶梅点头，我接着问：“你愿意，嗯，不管刮风下雨、霹雳闪电、冬暖夏凉，都爱护他、体谅他，跟他那个吗？”宾客们哄堂大笑，叶梅狠狠地瞪了我一眼，我心里一凉，想起了乐山那个狂乱的夜晚，半天说不出话来。

新郎新娘过来敬酒，王大头往一只大碗上摞了七八只盘子，非让叶梅给他报数：“说，一碗（晚）上几盘子？”叶梅嗫嚅了半天，说：“一晚上，一晚上七盘子。”满桌都大笑，赵悦趴在我怀里笑得上气不接下气。我说：“你们家李良好厉害，一日千里，日久天长啊。”旁边的人更是笑得喘不过气来，叶梅呆了一下，突然端起桌上的酒杯，哗的一声泼在我脸上，冰凉的酒水缓缓地流过胸口，我抬起头来，看见王大头惊愕地张大了嘴。

接下来的事情有点混乱，整个大厅里嗡嗡作响，赵悦忙着帮我擦脸上的酒水，王大头噌地跳起来，手足无措地站在那里，叶梅满面通红地握着酒杯，李良似笑非笑地看着我，目光中似有深意。我舔了一下嘴唇，八百多一瓶的波特酒醇和甘甜，微微带一点酸。

那天晚上谁都没有心情闹洞房，王大头在话筒前结结巴巴地说了两句，婚礼草草收场。回家的路上赵悦眼望车外，一声不发。我故意把车开得极快，想逗她开口，但从上车到进家门，她始终没正眼瞧过我。

我说你怎么了。她不说话，和衣躺在床上，拿手指头一下一下地抠墙。我过去抱她，她无声地挣开，我说："你到底怎么了，倒是说话啊！"赵悦阴阳怪气地说了声："我怎么了跟你有什么关系？"我气笑了，说："关系大了，你是我老婆啊。"她又来了一句："你现在对别人的老婆更感兴趣吧？"我一下子急了，瞪着她："你什么意思？"赵悦毫不畏惧地迎着我的目光："你说我什么意思?！"

我有点心虚，假装愤怒地把头转过去，嘴里哼了一声"神经病"。赵悦不理我，继续抠墙。我傻傻地坐在那里，突然想起一件事，三步两步跑下楼，在院门口的公用电话上，拨通了一个号码。

话筒里传来一个男人的声音，说你找谁，我说我找赵悦。他愣了一下，问我："你是谁？"

我说："我是赵悦的老公，你又是谁？"

他不说话，过了两三分钟，我听见话筒里传来"嘟——嘟"的声音。我把电话挂掉，又打赵悦的手机，系统提示："您拨叫的用户正在通话，请稍后再拨。"

我脑袋空空地笑了一下，心里很难受，像猫抓一样。打电话约王大头出来喝酒，王大头说他要睡了，改天再喝吧，好像很不耐烦；我又找周卫东，周卫东说他在青城山，后天才能回来；我拨姐夫的手机，被他劈头盖脸地骂了一顿，说："昨天全家聚餐，左等右等你也不来，老汉嘟囔了一晚上。"

几辆消防车呼啸而过，大概是什么地方又着火了。这个夜晚十分安静，一些灯熄了，一些灯亮起来，一间屋子里传出笑声，一间屋子里传出哭声，在灯光照不到的黑影里，我看着自己微笑。

一辆出租车停在身边，司机向我点头示意。我笑了笑，打开门坐上去。

"去哪里？"

"找个好耍的地方。"

"耍啥子？"

"耍婆娘。"

他说："去龙潭吧，幺五一条街，那里的婆娘一群一群的，人又漂亮，价钱也便宜。"

"好，就去龙潭，幺五一条街。"我说。

十一

出租车停在一面贴满“专治淋病梅毒，模范老军医”的广告墙下，我给了司机五十元，他问要不要等我。我说不用了，我今晚就睡在这里。

幺五一条街指的是基本消费价格：在这里花一百五十元就能全部搞定。路两边大约有七八十家歌舞厅，门上挂着粗俗劣质的彩灯，房里响着牛嚎马嘶般的歌声，每家歌舞厅门前都坐着十几二十个小姐，在青春和脂粉的伪装下对我含笑相迎。

我慢慢地一路走来，旁边的招呼声不绝于耳，各呈媚态。含蓄的动之以情：“进来嘛帅哥，我爱你！”精明的劝之以利：“人又漂亮，价钱又相应，瓜娃子才不进来！”开放的诱之以色：“帅哥，到这里来耍嘛，妹儿的功夫好得很！”一个三十多岁的矮男人一直跟着我，向我介绍他的经营优势：“全都是十五六岁，鲜鲜嫩嫩，来嘛来嘛！”我甩开他的手，赳赳向前，偷眼打量路边的姑娘。手机响了一声，赵悦打来的，掐掉。她不死心，继续打，我干脆关了机。

赵悦的第一个手机是我买给她的，1998年5月1日，三年前的今天。摩托罗拉的GC87C那时卖五千多，赵悦嫌贵，死活不肯要，遭到我的严厉批评："你以为手机是给你买的啊？小样儿，我是为了方便查岗，拿着！"赵悦这才悻悻地收下。最开始几个月，她几乎从不开机，每月的电话费低于座机费，提副主任科员以后，单位每月给报销一百五十元，她才算是正式成为手机一族。

那个电话在她近两个月的通话清单中出现频率极高，最多的时候一天打了九次，最长通话时间一个小时十七分钟，一直打到凌晨三点，我看了一下日期，正是我买玫瑰花的那天，他们通话时，我正在家里眼巴巴地等她回来，盘算着怎样跟她赔礼道歉。

李良结婚这两天累得我不善，到武警借车，联系宴席，布置洞房，写请帖发请帖，忙起来心情就好一些，只要一闲下来，我就会不由自主地想起这件事，想他们两个在哪里约会，在哪里上床，赵悦是不是像往常一样躺在那人身下哼哼唧唧。不过说也奇怪，我想这些事时，一点也不生气，就是有点伤心。昨天晚上喝了一点酒，我站在窗前待了半天，李良可能看出了一点苗头，旁敲侧击地问我有什么心事，我支支吾吾地遮掩过去了。

我有点后悔打那个电话，事情不挑明，一切都可以挽回，我宁愿相信是自己多疑，宁愿委屈自己去接受赵悦的任何解释，哪怕在心里猜疑终生。但现在，突然插进来一个陌生人，我和赵悦的距离一下子就变远了，变淡了，变冷了，如隔万里。

一个圆脸姑娘上来拉我，拿丰满的胸部摩擦我的手臂，说：“帅哥你好帅哦，我要爱你。”我冷笑了一下，想爱情这东西实在太贱，一百五十元就能买一大把。这姑娘的屁股很漂亮，圆滚滚的，微微上翘，我顺手摸了一把，手感极好。跟着她走进房门，屋里灯光昏暗，她三下两下脱光了，躺在床上向我微笑，我一把将她抱住，把头深埋在她胸前，心想假如赵悦现在死了，我一定不会哭。

下楼时那姑娘故作温柔，贴在我身边老公长老公短地叫个不停，我突然无名火起，恶狠狠地盯着她：“去你妈的！谁是你老公?！”她惊讶地瞪圆了眼睛，我骂了一句“贱货”，昂着头走出了门，隐隐约约听见她在背后问候我妈。

打开手机看看时间，十二点多了，街边停着无数车辆，吃饱喝足了的成都男人，大都选择在这个时候出来排泄他们多余的精力。在这条崎岖不平的街上，在彩灯和音乐声中，在脂粉和避孕套之间，又有多少关于青春的心酸故事？我在心里叹了一口气，感觉肚子有点饿，这才想起来晚饭根本没吃什么东西，叶梅那一杯酒泼的，我连特意定做的大闸蟹都没尝一口。

赵悦又打电话来，我犹豫了一下，还是接了，她问我在干什么。我说在嫖娼。她说：“我知道你对我有点误会，你回家来，咱们好好谈一谈。”我说：“我还没射精呢，你等一会儿。”她骂了一声无耻，就把电话挂了。

我心里有点高兴，想着赵悦生气的样子，感觉很痛快。路边有家小吃店，我走过去要了两瓶蓝剑啤酒、几个凉菜，炒了个回锅肉，津津有味地吃起来。这个时候，王大头肯定已经搂着老婆睡了，李良大概还在和叶梅厮杀吧。想起李良我就有点难过，亲爱的李良——我端起酒杯，面朝灯火阑珊的成都——我的好兄弟，请原谅我，如果我早知道叶梅是你的女人，杀了我我也不会碰她。

小店的卫生就是不过关，回锅肉里吃出来一根长长的头发，我一阵恶心，扭头吐了一口唾沫，看见一辆银灰色的本田雅阁缓缓开过来，董胖子手把方向盘，探头探脑地向外张望。我一口喝干杯中酒，警觉地站起来，看着董胖子一家一家地逛过去，最后停在一家叫“红月亮”的歌厅门口。

董胖子这厮一脸官相，肥头大耳、仪表堂堂，不过娶了个老婆可真是不敢恭维，又干又瘦，丑得惊人。有一天在街上遇到他们，他老婆叼着烟，雄赳赳地走在前面，董胖子像头宠物猪一样俯首帖耳地跟着，表情十分敬畏。去年三八妇女节那天，董胖子迟到了两个多小时，脸上、脖子上伤痕累累，眼神迷离，泪光宛然，我估计肯定是遭到了老婆的毒打。

我翻了一下手机通讯录，找到了董胖子住宅电话，微笑着按下通话键，听见他老婆阴森森的声音：“谁啊？”我刚要开口，突然脑子里灵光一闪，想出了一个绝妙的主意。我毫不犹豫地挂掉电话，跑到路边的公用电话摊，按下了三个数字：110。

值班女警的声音很温柔，问我有什么事。我压低了声音，说发现有人携带毒品。近一段时间公安部门大力缉毒，听说专门从西昌调上来一位缉毒英雄。李良有个高中同学，在眉山开了一家麻辣烫馆，上周到荷花池市场买了半斤罂粟壳，结果被当场抓获，李良张罗着去保人，被王大头一声喝止："千万别管！现在正在风头上，毒品的案子谁碰谁死！"

女警听见"毒品"两字，立刻紧张起来，问我地点人物相貌特征，我说了大概方位，报了董胖子的车牌号码，最后说："相貌没看清楚，好像挺胖，穿紫色衬衫，白粉可能藏在身上，也可能藏在轮胎里。"女警又盘问我的姓名和身份证号码，我装成很害怕的样子，说："你不要问了好不好，要不我就不报案了。"

1999年我在绵阳倒霉过一次，刚脱了衣服就听见敲门声，我情知不妙，扯过裤子就往身上套，谁想越急越出错，把裤门穿到了屁股上。正想脱下来换，门被一脚踹开，两个凶神般的警察冲了进来，我眼前一黑，几乎晕倒，多亏那个小姐在旁边一把扶住。那次罚了我四千元，多亏身上带的钱多，要不然就麻烦了。

我微笑着挂上电话，心里那个高兴。转念一想还不行，不能就这么便宜了董胖子，嫖娼才罚几千块，对董胖子来说只是毛毛雨。打蛇不死必被噬，我要更毒一点。算计了半天，决定还是给姐夫打电话。姐夫在《华西商报》当花边新闻编辑，每天净发些污七八糟的假新闻，哪里出现两头蛇，哪里公鸡下出了双黄蛋之类，所以我一直叫他“那五”，跟冯巩当年演的一个傻子同名。姐夫脾气好，总是笑呵呵的，说：“你这个娃娃，不说给我提供点新闻线索，还净糟蹋我。”

姐夫已经睡了，接电话时好像不太高兴，我直奔主题，说：“给你提供个新闻线索——毒贩夜嫖娼，干警显神威。”他一下子来了兴趣，问清事件经过后，说马上派记者。我说：“必须抓紧，否则一会儿人就带走了。”他嗯了一声，刚要挂电话，被我一声“姐夫”叫住，他说又怎么了。我想了一下，干脆说实话：“你一定要把这个人的照片发在报纸上。”他说：“你们有仇啊？”我说：“是，你要不帮我，我就完了。”

跟姐夫通完电话，我在路边拦了一辆奥拓，一个小伙子探出头来，我问他：“去成都，走不走？”他说：“你出多少？”我给了他两百元，然后坐进车里，拨通了董胖子家电话，告诉他老婆：“董光在龙潭嫖娼！”

十二

1996年我和赵悦到峨眉山玩，在伏虎寺遇见一个算命的臭道士，这个“臭”是真的臭，像刚从下水道钻出来一样“芬芳扑鼻”。赵悦平时挺爱干净的，那天不知中了什么邪了，非要拉着我算一算。老妖道大扯一通，说我们俩肯定不会到头，“前世的仇寇，今生的冤家”。赵悦信以为真，脸都白了，连声问有什么破法，老妖道捋着几根带油花的胡子，眼放妖光，说如果肯出两百块，他就可以为我们想个破法。赵悦不顾我的再三反对，立马掏出两百块，那可是她第一个月工资的一半啊，我在旁边气得直跳。老妖道给了她一个尿壶样的黑罐子，说此尿壶不是凡物，可以“驱鬼神，避小人，保得万年平安”。我冷笑了一声，问是不是盛过元始天尊的尿，被赵悦狠狠踢了一脚，说我亵渎神灵。

回成都的路上，我给赵悦取了一个外号，叫尿壶师太，属于峨眉派第三代弟子，跟灭绝师太是同学，可以力擒疯牛，建议出口到英国。正说得高兴，一扭头看见赵悦正看着窗外静静地淌眼泪，我问她怎么了。她说了一句话很让我感动：“不管它灵不灵，陈重，你知道我要的不是这个罐子，而是你的心。”我拍拍她的手，柔声安慰道：“你放心，我的心永远都装在这个尿壶里。”

在此后大约一年多的时间里，赵悦逢初一、十五就要对着那个尿壶鞠躬，嘴里念念有词，不知道嘟囔些什么。我曾多次对她的参拜行为提出严正抗议，赵悦总报以白眼和粉拳。后来看得我烦了，假装失手把尿壶摔了个稀烂，赵悦为此还哭了一鼻子，说我是成心的，每次吵架都要拿出来过堂。

上楼的时候我想，人生其实并没有破法，无论那只罐子是否完好如初。命运只是部分地听命于我，关键时刻都是上帝说了算，就像我们刚结婚时赵悦创立的《赵氏家法》：小事不决听赵悦，大事不决听陈重。根据她的权威解释，只有上新闻联播前三条的才是大事，剩下的都归她管。那时赵悦每天睡前都要宣读一遍《赵氏家法》，然后跳进我怀里又跳又唱又笑，像个孩子。从什么时候起，我们逐渐忘记了这个“六打八罚十二阉掉”的家法？我们的生活又从什么时候起变得一望无余，再也没有了那些思念、关怀和跳脚大笑？

电视开着，屏幕上一片雪花点，音箱发出刺耳的吱吱声。我有点生气，心想看完了电视也不知道关上。在屋里转了一圈，发现所有的灯都开着，就是没有人，不知道赵悦跑哪儿去了。阳台上的窗户大开着，一阵凉风吹来，我不由自主地打了个寒噤，趴在窗上往下看，外面是漆黑不见底的夜。我的头发突然一根根地竖起来，心想赵悦不会是想不开从这儿跳下去了吧。

大四那年，班里笼罩着一股死亡的气息。先是齐齐哈尔的张军，住在我斜对门宿舍的，得淋巴癌死了，他女朋友来收拾遗物时哭得昏倒。然后就是隔壁班的才女齐妍，在一个美丽的春夜里，从十六层教学大楼上跳下来，摔得血肉模糊。齐妍一直是我们宿舍的集体意淫对象，长得酷似关之琳，唱歌弹钢琴主持晚会样样不俗，跟她跳舞简直是一种享受。她死的前一天，就坐在我们对面吃饭，把油汪汪的大肥肉一片片挑出来扔在桌上，我连声说浪费。齐妍白我一眼，说："死陈重，你要想吃就拿去，别哼哼唧唧的。"我刚要回答，被赵悦狠狠踩了一脚，赶紧做老实状，低头含羞不语。第二天就听说齐妍跳楼自杀了，肚子里还有个三个月的胎儿。

大学时代的最后一个月，我们都有种浮生若梦的感觉。酒、麻将或者泪痕，日子空空，一闪即过。李良说：

你挥霍吧
在黄昏的盛宴上绽露笑颜
上帝欠你的
记在账上
你欠上帝的
迟早要归还

我理解他的意思，从那时起，我们都相信余生是捡来的，生活以快乐为本，上帝总会在关键时刻打碎那只罐子，而结局是一场庆典，或者是一曲挽歌，我们反倒并不关心。

那个夜里我在自己的家里团团乱转，打赵悦手机，发现她的手机就在枕头旁边。她的背包也在，一支口红斜放在梳妆镜前，让我想起那无数次亲吻过我的红唇。窗外不知什么时候下起了雨，淅淅沥沥的，我感觉自己的心一直在往下沉，往下沉，沉到无尽深处。

我打起手电，到楼下准备寻找赵悦的尸体。走过楼口，看见黑影里有个东西在轻轻蠕动。我头皮发麻，壮着胆走过去，电筒照出一个淡黄的光圈，在光圈的中心，我看见赵悦，我的赵悦，正斜靠在墙边坐着，两眼流泪，身边横放着一瓶尖庄。

“我叫陈重，成都人，希望成为你们的朋友，欢迎你们来找我喝酒。”1992级迎新晚会上，我站在篝火旁大声说。新生赵悦那天穿一条碎花长裙，像蝴蝶一样在我眼前翩翩而舞。

“你会一直像现在一样爱我吗？”1994年的一个夏夜，在校门口的招待所里，赵悦一丝不挂地躺在我怀里，小脸红红地问。

我哐啷一声丢下手电筒，把赵悦一把抱住，说：“我还以为你死了呢！”赵悦酒气冲天地哭起来，手电筒在地上滚了几下，照出一条条狂乱缤纷的雨线。

那个夜里我像初恋一样激动，帮赵悦洗了手脚，拧了条热毛巾搭在她额上，看着她像个孩子一样沉沉睡去。雨悄悄地停了，空气中有一股黄桷兰的甜香。我想这味道挺他妈的不错，天快亮了，在这个彻夜不眠的早晨，我看着渐明的天空想，赵悦依然爱我，这事真他妈的不错。

按我爸的说法，我生来就是个“驴球脾气”，意思是不挨打不长记性，教育要靠皮鞭和嚼子。十六岁那年，我拦住同院的小太妹庞渝燕，在她身上摸摸索索的，被我爸撞了个正着，回家就要收拾我，拿着皮带在我眼前比比画画的。我运了运气，一拳砸塌了床边的小书架，他严肃地思考了半天，估计功力不逮，从此放弃了跟我武斗的打算。不过现在想想我爸的话挺正确的，我确实是个驴球脾气，不痛过就不知道珍惜。

2001 年 5 月 1 日，我最好的朋友结婚的日子；我嫖娼的日子；我的敌人倒霉的日子；也是我的妻子醉酒大哭，而我本以为她跳楼自杀的日子。天亮了，这个城市笼罩着一团白茫茫的雾气，看起来有些陌生。我熬上一锅粥，美滋滋地点上一支娇子，开始在房里呵呵傻笑。

而生活，你永远不会知道它下一步会做些什么。七点五十分，妈妈打电话来，声音都变了，说：“你赶快回家，你爸不行了。”

十三

大学四年，每次回成都爸爸都要去车站接我。他不太爱说话，见了我总是笑笑，说："你怎么留这么长的头发，怪难看的。"为这事我埋怨过多次，说："我也不是三岁两岁，你不用巴巴地去接我，又不会走丢。"其实真正的原因是他每次都当着李良他们的面叫我的小名，兔娃儿长兔娃儿短的，搞得我很不好意思。有一年把李良送上车后，我扭头就对爸爸吼："兔娃儿兔娃儿！我叫陈重，陈——重！"他看我一眼，低下头，半天都不说话。

爸爸右脚有轻度残疾，走起路来一颠一颠的，从小学到大学，我都不愿意他去学校找我。大二那年，他去北戴河疗养，顺便来学校看我，我前一天刚打了通宵麻将，正蒙头大睡呢，一见他来了，心里十分不高兴，想又来给我丢人。爸爸进了宿舍后，给每个人都发烟，还叫王大头"同志"，羞得我满脸通红，几乎是强拽着把他撵上了车，饭都没留他吃一口。那天爸爸走得很伤心，不过到了北戴河，他还是打电话来提醒我生活要规律一些。

站在省医院的走廊上，我心里十分难过，心里老想着爸爸在车站接我时的样子，七点钟，整个城市还没睡醒呢，他就站在那儿等我。赵悦扶着我妈坐在长椅上，小声地安慰她。老太太从一发现我爸昏倒在卫生间里就开始哭，一直哭到医院，哭得两眼通红。我突然想：在我的那一天，会不会有人像我妈一样为我哭泣？想着想着眼泪就流了下来。姐夫给我打了个电话，说他和姐姐马上就到，让我劝劝老太太不要着急，然后告诉我："你交代的事我已经办好了，买张报纸自己看吧。"

报纸上的董胖子看起来憨憨的，嘴巴半张，双手高举，像弃暗投明的国军将领，可惜两眼被遮住了，看不清当时的表情。姐夫这个忙帮得很到家，把这则新闻放在显眼位置，标题是《假凤虚凰，鸡飞狗跳》。我细读了一下，文章写得很生动，说董胖子"见势不妙，从二楼的后窗一跃而下，妄图借黑夜的掩护逃之夭夭，却被埋伏的干警当场擒获"。下面还有一则六百多字的评论，肯定是姐夫写的，题目叫《嫖娼的技术分析》，说"根据现在的扫黄打非形势，建议嫖客们苦练轻功，否则难免楼下伏法"。我觉得很痛快，想董胖子你也有今天，拿着报纸走回急诊室的门口，看见头发花白的妈妈还在哭，心里又是一阵酸痛。

妈妈本来有两个儿子，另一个是我的哥哥，三岁上得肺结核死了。我出生后，她唯恐我也长不大，给我起了个贱名叫兔娃儿，还不断喂我吃各种各样的丸散膏丹，如果我的肚子有储存功能，估计现在开个药店绰绰有余。小学四年级写作文《一件小事》，写的就是妈妈不分青红皂白往我屁股上扎针的事情。从小到大，妈妈一直对我言听计从，让姐姐很嫉妒，经常质疑她是不是亲生的。所以我经常想，我这辈子最大的不足就是挨的打太少了，吃的苦太少了，对困境缺乏承受力。上帝说，爱是恒久忍耐，我看着花容惨淡的赵悦想，这话说得多好啊。

赵悦小声地劝慰我妈，一面紧紧握住我的手，她的手温暖光滑，热量温柔地传过来，一直暖到心里，我十分感动，心想：我的生活，是不是就靠这一点热度维持着？

一个模样俏丽的小护士走过来，问谁是陈振原的家属，我紧张地站起来，说我爸怎样了。小姑娘笑了一下，说："你不用急，你爸的问题不大，你去把住院手续办一下。"我心中狂喜，忍不住喊了一嗓子，对我妈说："我就知道老汉不会有事，都是你大惊小怪的。"老太太仿佛大梦初醒，慢慢地张开嘴开始笑。

有件麻烦事：钱没带够。我身上一共带了一千二，连打车加挂号再付急诊费用，只剩下五百多。赵悦掏了半天口袋，也只有三百块。我给李良打手机，说新郎官，打扰一下，跟你借点钱花。过了一会儿就看见李良风风火火地来了，手里大包小包地提着各种补品。给我爸办完住院手续，李良把我叫到门口抽烟，盯着我说："昨天的事真对不起，我替叶梅向你道歉了。”我说：“你龟儿子的，还跟我说这些，咱们谁跟谁啊。”心里却想这事恐怕瞒不过他，暗地里觉得十分惭愧。

我们宿舍曾经讨论过一个问题：新婚之夜发现新娘不是处女怎么办？王大头最坚决，说二手商品只能使用一次，用过之后要立马扔掉。不过我对此表示怀疑，王妻芳名张兰兰，跟王大头结婚时胸高臀大，一副久经沙场的样子，也没见大头说过半个不字。李良说他不关心处女膜：“纯洁不纯洁，与那层膜无关，只要不妨碍使用就行，哪怕她是丽春院出来的，只要跟我之后不再跟别的男人胡搞，我就可以接受。”后来他们问我的意见，我恼火地吼了一声：“叫个屁叫，都给老子睡觉！”说着啪地关了灯，躺在被窝里愤愤不平，想起赵悦的事来，感觉吃了个大亏。

我相信李良是嘴硬心软，虽然说不在乎，但真遇到了，他必定也是醋火攻心。跟泰山谈恋爱期间他就抓狂过一次，原因是泰山的前男友打电话来，泰山听得泪眼汪汪。李良在水房边跟我说起这事，表情异常狰狞，我当时想他要会劈空掌、隔山打牛什么的，打电话那小子定会七窍流血。我另外一个顾虑就是乐山的事，虽然是叶梅主动来勾引我，但我完全可以拒绝，想起来我有点恨我自己。跟我睡过几次的酒楼老板娘说我是“鸡巴指挥大脑”，说得很有道理，在叶梅脱下裤子的那一刻，我没想起来她是李良的未婚妻，只看见了她雪白粉嫩的身体。

爸爸动完手术后，精神萎靡了许多，我和妈妈轮流去医院陪护，不知不觉就把五一长假过完了。老汉跟我还是没什么话说，但我知道，他沉默的笑容里，有我一生都可以依靠的力量。

有一天我在医院里待了一整夜，出来后看见赵燕正挎着一个帅哥，叽叽喳喳地连说带笑，我叫她，她回头看了一眼，冷冰冰地问我有什么事。我说："那天的事真是对不起，我不是有意的。"旁边的帅哥耳朵一下子支棱起来，像一头被鞭打的驴子。赵燕可能真是恨上我了，说："不管你有意还是无意，反正我算认识你了。"说完扭头就走。我一面追一面说："赵燕赵燕，你听我解释嘛。"驴子转过身来，推了我一下，恶狠狠地骂："× 你妈，你想做啥子？"我悻悻地止住了脚步，感觉十分失败，心里恨恨地想，这事要放在当年，哼。

我当年还是狠过的。我们院有个家伙叫郎四，打遍几条街未逢对手。我读初二那年，他和另外两个人把一个卖菜的活活打死，去东北老家躲了三年，回来后越发威名远震，据说我们院凡是有点姿色的姑娘都被他睡过，这让正处于青春期的我十分羡慕，隔三岔五就往他家跑，跟着他在大街上横晃，感觉异常威风。有一次两个小痞子在放学路上调戏我班女生，我仗义出手，跟他们推搡了半天，感觉功力不够，打电话给郎四，说四哥有人欺负我。他别着一把菜刀就过来了，我一见他，勇气倍增，功力大涨，一拳就把其中一个家伙打了个满脸开花。这事在班里传为美谈，不美的是那个女生最后也被郎四睡了。有一天我放学后直奔郎四的小屋，看见那个女生白花花的大腿，心里无比难过。高二下学期，郎四帮我举行了成年礼，他把庞渝燕叫来，说："兔娃儿还是个童男子呢，你今天要给他开苞。"庞渝燕二话不说就开始脱裤子，十几分钟后我哭丧着脸走出大门，告诉郎四："× 他妈，庞渝燕有狐臭。"

郎四现在银丝街开了间网吧，娶了个老婆丑得吓人。我去的时候，他说："你上网吧，我不收你钱。"我刚坐下，他老婆就在房里摔摔打打的。郎四的表情十分尴尬，我对他笑了笑，走出来看见新时代广场的璀璨灯光，十四年前那里是一个菜市场，这个老实憨厚的小店主就在那里杀了一个人。

十四

我们公司一直提倡“贤者居上”，哪怕是个草包，只要不贪钱不搞女人，都有可能当上领导。董胖子对这个操蛋逻辑十分赞赏，大会小会地讲，意思就是他既然能当上总经理，就是当之无愧的道德化身。

五一前公司开了一次会，主题肯定是针对我，董胖子翻着白眼，义正词严地质问："一个人对自己的家人都不负责，我们怎么能希望他对公司负责？”我也没客气，抢过话头来就说："我同意董总的看法，希望大家能表里如一，对家人负责，对公司负责，不要人前一套人后一套。”刘三刚想插话，被我狠狠地瞪了一眼，张了张嘴就低下头去。

我好色在公司是出了名的，这要感谢董胖子的大力宣传。去年有个副董事长来成都视察工作，找我谈话时告诫我要注意生活作风，做一个负责的好男人。我心里那个气啊，心想我又没勾引你老婆强奸你女儿，你操的哪份闲心？这事肯定是董胖子给我下的药。到现在我也断了当总经理的念头，只求安安稳稳地干上两年，把欠款处理了，再找个机会另谋出路。

我的理想是开个汽修厂，拉李良投点资，再把技术高超的李师傅挖过来，相信一定会赚钱。想想挺可悲的，我小时候志向远大，想当这个家、那个家，一度还想做个周润发式的黑道英雄。“在黑夜的腹地／我睁开双眼／世界哑口无言”，这是我大学时写的诗，一副泰坦巨人的派头。到现在，我的最大理想竟然是当个小老板。生活的水面越来越低，看上去也并不像当初想得那么美，挺让人灰心的。

董胖子神色不变，开会、讲话、处理文件，毫无破绽，我实在是佩服他的定力。散会后他斜着眼看了我半天，让我感觉冷飕飕的。这厮不傻，应该猜得出是谁干的，这会儿不定在心里想什么歪招呢。不过我也早有安排，他嫖娼跳楼的报道，我五天前就传真到总公司去了。装惯了圣人的董胖子，一旦扒去了外包装，就比我这个真小人还要丑恶。我相信他这个总经理做不长，贤者居上嘛，他自己说的。

放假后的第一天总是特别忙，整个上午我都不停地打电话接电话，签署各种文件，别看刘三咋咋呼呼的，没我他还真就玩不转，所有的客户都只认我。内江原来的经销商有四十万的货款超期未回，他处理了一个多月也没拿回一个子儿，灰溜溜地过来找我。我说：“你不是长本事了吗，请示你们董总去啊，找我干什么？”他表情淡淡的，说：“你是销售部的经理嘛，这事归你管。”我当着他面拿起电话，说：“王宇你奶奶的，再不还钱小心我砍你啊。”王宇在电话那头笑骂：“你个龟儿子，就知道跟我要钱。”然后说他最近泡了个小歌星，歌甜人美功夫好，尤其擅唱《后庭花》。这家伙是个无赖，一谈正经事就开始漫天胡扯。我说：“少扯淡，你到底给不给钱？”王宇没招了，说：“我下午先给你汇二十万，剩下的二十万要再等些日子。”我看了一眼刘三，故意提高了声音，对王宇说：“我明天要是见不到钱，就把你儿子做成狗肉包子。”

王宇说的小歌星我在玻璃屋酒吧也认识过一个，姓张，起了个骚烘烘的艺名叫婉华，每次唱歌前都要嗲声嗲气地说一句“婉华今天为您演唱某某歌”。不过声音确实不错，台风也正，不乱扭乱摆，长发长裙，端庄妩媚，有点古典美女的意思。那段时间我天天去捧她的场，为了显派，我送四百八一束的玫瑰，喝一千八百八十八元的轩尼诗XO，她很快被我的风采打动，就在公司那辆破烂的桑塔纳后座上，被我剥了个精光。遗憾的是她的叫床声并不像歌声那么动听，提上裤子后我有点失落，对李良感慨道：“仙女脱光了，也是一堆俗肉。”李良说：“你总是对生活期望过高。”

赵燕今天没来上班，我只好亲自处理汽修业务，从配件进货到付清洁工工资，签了一大摞单。说起来赵燕是个好帮手，这两年汽修厂的事基本不用我操心，业务稳定增长，但她工资却只有刘三的一半，才两千二百多，我心想我算是瞎了狗眼，这次一定要把刘三的工资降下来，给赵燕至少涨到三千。那天跟着她的帅哥像个二百五，估计也已经享用过她美丽的肉体了，用王大头骂我的说法，就是“一泡牛屎屙进花瓶里”，想着那么迷人的一个赵燕躺在别人怀里，我心里空落落的，像丢了个大钱包。

按公司惯例，周一下午要召开总经理办公会，各部门头头脑脑坐在一起共商发展大计。从四点钟开始，我就不断看表，心想死胖子，我看你还有什么脸坐在主席台上讲你的狗屁道德。

董胖子走出了一步好棋，没讲职业道德，没讲忠诚与奉献，开口就是声泪俱下的自我批评，说他违背了自己的承诺，辜负了大家的信任，给四川公司丢了脸，不配当老总。“我已经向总公司提出了辞职申请，希望能作为普通职员继续为公司服务。”说到激动处，董胖子老泪滂沱，让不明真相的群众唏嘘不已。我坐在旁边不住冷笑，心想这厮也真做得出来，他不去演戏真是浪费了。

这招确实高明，既承认了错误，又表了忠心。我看着董胖子回锅肉一样的肥脸，心里又腻歪又佩服，这下估计总公司不会把他一撸到底了，最多只是象征性地惩罚一下。那么，我想，我的苦日子就不远了。

董胖子一开始给我的印象非常好，胖乎乎的，显得很是憨厚实在。1996 年上半年，我们经常在一起喝酒，他结婚时我还送了个两百元的红包——这在当时算是重礼了。真正交恶是从他当人事部主管开始，那时我还是一名普通的业务员，当官后的董胖子随时一副不可一世的样子，说话时嘴里像含着母牛屁股。有一天他桌上放着一份文件，我无意中瞧了一眼，他立刻像做贼一样捂起来，说：“这不是你应该看的。”我拂袖而去，心里愤怒声讨他的鸡巴德行。从那以后我们一直面和心不和，很快我也开始升官，从主管到经理，青云直上，比他还高一级。董胖子嫉妒之余就开始人前人后说我的坏话，我也没客气，逢开会就旁敲侧击地攻击他的虚伪，当面一套背后一套，台上扮君子、台下扒裙子。几番交手，各有死伤，但战火一直在地下燃烧，直到他当上总经理后才算是进入白热化。

下班后去医院看了看老爷子，妈妈正扶着他在病房里走步，看着老两口相濡以沫的样子，我心里很羡慕，想三十年后我和赵悦会不会也有这么一天。我爸住院的这段时间，我和赵悦忙得连架都顾不上吵，彼此之间有点相敬如宾的客气。不过那个电话一直像把刀一样横在心里，刺穿了拥抱、亲吻和所有的甜言蜜语，随时随地扎得我心生疼。高中的物理老师给我讲过“熵”的含义，我想生活其实也是一个熵，一直在慢慢残缺，永远不可能完美。

在卡上提了两千元，还李良的。其实我光在麻将桌上借他的钱就不下一两万，还钱云云，只是我的姿态。我另外还有个小算盘：到关键时刻，恐怕也只有向李良借钱，我必须把他心中的疑虑去掉才行。

李良依然在打麻将，叶梅坐他对面，打横坐着两个男的，我不认识。这情景和两个月前我来这里时一模一样，生活在一些似笑似哭的表情中转了一个圈，又回到原地，就像我当初只是做了一个梦，醒来后黄粱已熟、朱颜依旧，CD中放的还是莎拉·布莱曼，李良还是在做碰碰和。

叶梅看见我，脸微微地红了红，不知道这个细节有没有被李良看在眼里。我把钱掏给李良，被他踢了一脚，说："你真恶心，那可是我孝敬你们老汉的。"我讪讪地把钱又装回口袋，叶梅鄙夷地看我一眼，我的脸腾地红了，恨不能找个地缝钻进去。李良问我知不知道老大的事，我说老大怎么了。他把牌扣下，看着我，缓缓地说："老大前两天被人打死了，在沈阳，一个小痞子干的。"我一下子呆在当场。

老大叫童钦伟，身高一米八十五，标准的东北大汉。毕业后分回老家，据说混得很不如意，先被开除公职，接着又离了婚，潦倒得一塌糊涂。1999年他到过成都一次，坐下来就长吁短叹的，满脸都是杨白劳相。才四年没见，他都有白头发了，看得我们心里很难受。走的时候，我、李良和王大头给他凑了万把块钱，老大感动得嘴唇直哆嗦。一年后，听说他四处找同学借钱，有了钱就去玩女人，陈超特意打电话来叮嘱："千万别给他钱，他整个人都变了。"

老大是我们班公认的最讲义气的汉子，只要有打架的事，跟他说一声，他保准会一马当先冲在前头。除了喝酒，他最喜欢的就是谈论女人，陈超的大部分性知识都是他传授的。有一天李良在宿舍里朗诵舒婷的《神女峰》："与其在悬崖上展览千年 / 不如在爱人肩头痛哭一晚……"老大说："这诗不好，要我就这么写：'与其在被窝里自摸千年 / 不如在爱人身上痛干一晚。'"从此以后我们就叫他"痛干上人"。

李良叹了一口气，说："来得也太快了，没想到老大是这么个结局。"我没说话，想起老大骑自行车带着我在校园里到处乱窜，对我说："现在要是有个娘们儿肯让我干，我命都可以给她。"八年之后，他已经变成飞灰，但他愿意以生命换取的幸福，似乎仍是遥不可及。

这事让我的情绪极其低落，吃完饭赵悦指使我去洗碗，我装作没听见，坐在沙发上愣愣地啃指甲。赵悦有点不高兴，起身把碗洗了，摔得叮叮当当响，我不耐烦地说了句："你要不想洗就放着，别动不动就甩脸子给我看。"赵悦冷笑一声，说："到底是谁甩脸子给谁看，从一进家门你就爱理不理的，有什么不满意的你就直说！"我说："我能有什么不满意的，我又没有半夜三点钟给我打电话的情人。"

十五

爸爸出院那天是几个月里最高兴的一天，我开着公司的桑塔纳把老汉接回家，妈妈做了满满一桌子菜，还开了一瓶珍藏了十多年的竹叶青。姐夫从采访单位受贿了两条中华，一条孝敬老丈人，一条孝敬小舅子。六岁的小外甥嘟嘟在客厅里跑来跑去，据说这小子在幼儿园就开始谈恋爱，将来肯定比我有出息。我姐和赵悦在厨房里杀鱼，不知道说些什么，叽叽呱呱地笑个不停。爸爸在医院里住了二十几天，居然胖了一点，精神也不错，非要跟我杀一盘，我百般相让，终于让他赢了一局，老汉乐得跟捡到钱包一样。这种久违的温馨让我有点恍惚，我喝着茶想，原来快乐也很简单。

吃饭时姐夫提起在郊县发生的一桩惨案：一个姓娄的下岗工人，在夜市上摆了个小摊，碰巧遇上城管大检查，盆盆罐罐全部被收缴，娄某和其他几个小贩先是苦苦哀求，希望能够要回来，跟着城管的车走了一两公里，也没拿回东西。娄某一气之下就开始用石头、砖块袭击城管人员，没想到城管没砸着，却把一个过路的小伙子当场打死。他跑回家后越想越怕，跟老婆抱头痛哭，说咱们不活了吧。他老婆说真的硬是活不下去了，两口子就哭着喂孩子吃了毒鼠强，然后关上门窗，打开煤气，一起熏死在家里。

这故事搞得一家人都闷闷不乐。姐夫咬文嚼字地说现在是一个充满危机的时代，谁都不敢预言明天，一切都是假的，只有钱才是真的。一听见他说钱我就开始坐立不安，昨天会计给我打印了我的个人账单，我接过来看了一眼，脑袋嗡的一响：我名下已经挂了二十八万四千多元欠款，其中绝大多数是业务借款，借一万，报销六千，尾数滚存下来，就成了一笔巨款。会计旁敲侧击地暗示，说下个月财务大检查，如果我不还钱，他也要跟着挨处分，我听得一身是汗。有一会儿我怀疑是会计弄错了数字，埋头研究了半天，越看心里越糊涂，我早就忘了这些钱是怎么花出去的，想来不是花在牌桌上就是花在女人身上，所以王大头总说我是“为鸡巴打工”。

董胖子出事后收敛了许多，每天坐在办公室里悄无声息，走路时也不故意往前腆肚子了。总公司对嫖娼事件的处理结果还没下来，这帮饭桶就是这样，屁大一件事也要开会讨论，效率低得吓死人。去年销售部申请一台电脑，不到五千块钱，我等了足足两个月，那份报告多方辗转，万里漂泊，小小一张A4纸上，竟然有十五六个签名。我心想如果董胖子那天播种成功，恐怕孩子都生下来了，处理结果也下不来。不过这厮最近倒有点与我为善的意思，点头哈腰的，还主动给我上烟。上周末加班搞六月份要货计划，在电梯里遇见了他，他说这次他还是推荐我当总经理："我们俩虽然不合，但你的能力我还是很佩服的。"听得我都有点感动，就是不知道真假。

如果能当上总经理，那就太美了。按现在的销售情况，总经理一年大概有三十万左右的进账，出入有车，什么费用都能报销，总公司还提供额度不等的无息贷款，帮助解决买房问题，董胖子就借了十五万，说是供房，其实是在炒股。除了一年两季的例行检查，总公司一般不干涉分公司的经营管理，明的暗的加起来，三年清老总，百万人民币，不过是小菜一碟。好几个竞争对手都在我们公司当过方面大员，孙总离职后在厦门开了个公司，生意据说做得也不错。我最大的问题就是平时言行不谨慎，嘴上没个把门的，荤的素的随口乱说，还经常跟领导拍桌子，所以给总公司留下了一个不成熟的印象。听了董胖子的话，我心里痒痒的，想是不是有必要主动表现一下，给总公司写一份述职报告什么的。

我爸在机关服务多年，总结出一个真理：当官无须能力、无须业绩，只需要两层皮一支笔，能吹才是硬道理。到了一定级别之后，连这两点都不需要，自有幕僚帮你完成。不过我在表达方面倒很有优势，尤其擅长写气势恢宏的总结性文章，词锋犀利、热情澎湃，再破的庙都能形容成皇宫。

回家跟赵悦提起这事，她激动得手舞足蹈，说如果我真的当上总经理，她就豁出去跟我"口吃"一回。这话说的，我立刻阴了脸，心想你到底是跟我"口吃"还是跟总经理"口吃”，由于关联地想到董胖子，胃里一阵翻腾。

那天我一句话把赵悦噎了个半死，过了半天她才想起来应该愤怒，于是哼了一声，说：“神经病，你哪只眼睛看见我半夜三点钟打电话了?!”我说了电话号码，赵悦翻着白眼，说她从没打过这个电话，一点印象都没有。我说：“你这就不对了吧，我既然敢这么说，肯定有我的根据。”赵悦还是死不认账，跳着脚说我无事生非，成心不想好好过。我一阵狂怒，从皮包里拿出那摞电话清单，啪的一声甩在沙发上：“你自己看！”

赵悦低头看了半天，脸慢慢地红了，好半天才期期艾艾地说：“我想起来了，那是我们局一个外协单位的负责人，他要办个批文，那段时间经常给我打电话。”赵悦明显缺乏斗争经验，没有责问我为什么侵犯她的隐私，如果换了我，肯定要先在这个问题上纠缠半天，用“既然你不信任我，我做了什么也是应该的”这种不败逻辑打击对方的嚣张气焰，在枝节问题上分散对方的注意力，把次要矛盾当成主要矛盾，达到使战况复杂化的目的。

我看着她，心里有点难受，想你现在也开始拿欺骗当爱情了。事实很明显：没有谁会在凌晨三点讨论批文的事，赵悦不敢面对这事，恰恰说明她的心虚。我没再继续说下去。底牌掀开了没什么意思，人生需要有点作弊精神，我想。

电影《东邪西毒》里有一句台词：“如果有一天我忍不住

问你，你一定要骗我。”这句话曾经是赵悦的口头禅，情浓耳热之后，她总要这么对我说。我也曾经因为这句话对她又怜又爱，她说完后，我总要紧紧抱住她，心想我的赵悦可真单纯。到现在我终于明白：那一切全是假象，誓言的马桶冲过之后，依然光洁清新，可以濯足濯缨，而我的赵悦，似乎也不像我想的那样单纯和善良。

我们结婚时没有大操大办，就请几个至亲好友吃了顿饭，王大头、李良和专程赶来参加我婚礼的陈超闹洞房闹得兴高采烈，就差当场让我们进行活塞运动了。赵悦不羞不怒，看着我光着上身跳钢管舞，笑得前仰后合，应观众要求，她还得以叫床声给我伴奏，这个缺心眼居然叫得一本正经，让我又气又笑。客人们离开之后，赵悦高高挥手：“从现在开始，你就是我的了！”我笑笑，把她搂进怀里，想起了一句著名的宣言：“在这场斗争中，我失去了整个世界，得到的却是个嚼子。”婚后这几年，赵悦确实对我很好，不过我总感觉她更在意对我的控制权，关心我的忠诚超过我的健康。只要我回家晚了一点，她就立刻阴着脸问个不休：在哪里，干什么，跟谁在一起。开始我还有耐心解释，后来烦了，总是爱理不理的，赵悦情急之下就开始跟瓷器过不去，每个月都要代谢一批碗碟。

这几天赵悦对我加倍温柔，百依百顺，还给我买了一条金利来的精品领带。送姐姐姐夫回家后，开车经过“卡卡都”酒吧，她提议说：“进去坐坐，好久都没跟你跳舞了。”

赵悦舞跳得很不错，有一次我们学校搞交谊舞大赛，赵悦和他们班一个男生还得了个二等奖，为这事我吃醋了好几天。我在这方面比较笨，只会走简单的三步四步，赵悦总笑话我的舞姿像痔疮发作，所以我绝少涉足舞厅。但去酒吧我没什么意见，酒嘛，可为钓诗钩，可为扫愁帚，是让人忘却烦恼的东西。

灯光下的赵悦十分美丽，舞姿曼妙，长发飞扬，两眼像宝石一样熠熠生辉，旁边的两个小伙子看着她直流口水。到了迪斯科时间，赵悦舞兴大发，索性来了段独舞，柔媚而不失刚健，优雅又略带性感，台下掌声大作，让我的虚荣心得到极大满足，忍不住给了她一个飞吻，赵悦笑得双眼弯弯。

这时听见她的手机响了，我端着酒杯，费力地打开她皮包上的重重机关，把手机拿出来。音乐声越发响了，酒吧里洒满五彩光影，我凑近灯光，看得很清楚，正是那个电话。

十六

如果把城市比作人，成都就是个不求上进的流浪汉，无所事事，看上去却很快乐。成都话软得黏耳朵，说起来让人火气顿消。成都人也是有名的闲散，跷脚端着茶杯，在藤椅上，在麻将桌边，一生就像一个短短的黄昏。走进青羊宫、武侯祠、杜甫草堂，在历史的门里门外，总是坐着太多无所事事的人，花五块钱买一杯茶坐上一天，把日子过得像沏过几十回的茶叶一样清淡无味。

周末跟李良、王大头他们在草堂打麻将，李良和叶梅因为一张牌的事吵了起来，叶梅粉脸通红，李良小脸煞白，都气鼓鼓的。我和王大头赶紧解劝，说："你们俩还在蜜月中呢，就为一张牌，值不值得啊，什么话不能好好说？"王大头郑重提议："要不我们都躲开，你们俩就地那个一下去去火？"我捧腹大笑，赵悦在旁边也扑哧一声。叶梅板着脸，不依不饶地说："心眼那么小，算什么男人?！"李良一下子瞪圆了眼睛，看样子立马就要动用蛤蟆神功，我赶紧把他架到一旁，回头对叶梅说："一人少说一句吧。"叶梅远远地瞪我一眼，没有再说话。

麻将是打不下去了，大家默默地端起茶杯，我心想晦气晦气，李良还欠我两百块呢。好容易混到吃午饭，李良开车带我们到大中华酒楼，老板笑嘻嘻地迎出来，说："李总好久不见啊，你上次存的五粮液都快放坏了。"王大头说："有钱的娃儿是不同，穿的都是灯草绒，到哪里都有人吹捧。"老板拍着手笑。

席间王大头讲了几个黄段子，听得我食欲大起，低头猛吃三文鱼。王大头说着说着，忽然停住了，我抬头来，看见李良两口子表情又不对，斗鸡一样互相瞪着，看样子要不是隔着桌子，早就咬成一团了。我在李良眼前摇了摇手，隔断了四道愤怒幽怨的目光，暗暗地叹了一口气想：唉，不是冤家不聚头啊。

吃完饭大家一哄而散。王大头夫妇说要去看房子，这对腐败分子又嫌房子小了；李良带着叶梅回家，估计战争还将继续，不知道谁会脸上挂花，谁会屁股青肿；赵悦遮遮掩掩地暗示，希望我陪她去逛街，我断然拒绝，说要回公司加班，写一份述职报告。

我们有日子没吵架了，彼此都感觉有点疏远和陌生。不过从表面上看起来，我们比任何时候都要恩爱：出门前相视一笑，回家后相视一笑，谁有事要晚点回来，都会主动打电话请假。周卫东很是奇怪，问我："陈哥什么时候变成新好男人了？"我笑了一笑，觉得嘴里暗暗发苦。我没跟赵悦提起那天电话的事，从卡卡都回来后，我进卫生间冲凉，听见她在外面小声地打电话，我把耳朵贴在门上，听了半天也没听清。出来后赵悦不自然地笑了笑，看起来丑陋无比。从那以后我开始留心她的行踪，偷着检查她的皮包，翻看她换下来的内裤，我这么做的时候心情复杂，不知道想发现些什么，发现了以后又该怎么办，为此我有点恨我自己，太懦弱，不像个男人。

不知道是我粗心，还是赵悦的作案手段高明，最近一段时间没发现什么可疑迹象。当然，没有发现不代表没有发生，从赵悦跟我做爱时轻微的抗拒表情、做完爱后的茫然眼神，我都能感觉到些什么。三个月前，赵悦对我说她有情人，我相信她那时是清白的，现在她一口否认，说明她已经被涂黑了。李良说我的生活盛产悖论，但悖论只会让我更聪明，我冷笑着想。

我的述职报告已经写了七八千字，先介绍我的成长历程，怎样从普通一兵成长为一名经理人。这是借用王大头的说法，他去年在公安系统的演讲比赛中得了一等奖，题目就是《从普通一兵到派出所所长》，拿奖后他乐不可支，向我和李良炫耀了好几次，直到我们把“普通一兵”说成“普通一逼”他才闭嘴。

介绍完成长历程，跟着吹嘘自己的功劳苦劳，把当年光着膀子扛货的事也翻起来了。整个报告有礼有节，夹叙夹议，有总结有规划，有抒情有赞美，我自己看着都得意，相信一定会击中总公司那帮饭桶。

传真完报告，我靠着椅子臭美了一会儿，在心里展望陈重总经理的绝世风采：开着雅阁，挎着美女，包里满当当的钞票，看什么都感觉便宜。提到美女，我突然想起上次喝茶时认识的一个姑娘，在玉林南路开网吧的，好像叫牛什么，身材修长，胸部高耸，圆圆的脸上总挂着色眯眯的笑容。她那天好像对我很有兴趣，不时拿眼睛瞟我，最后还给我留了个电话，说："有空出来一起耍哈。"

我在抽屉里翻腾了半天，终于找到了那个电话，心里一阵狂喜。按号码拨过去，听见对面声音嘈杂，一个男的问我找谁。我说我找小牛。他说："什么小牛小驴的，打错了！"我不死心，又拨过去，对方一听见我的声音就开始骂："×你妈，告诉过你打错了！"说着砰地挂了电话。我火冒万丈，不顾一切地又一次拨通了那个号码，对方刚拿起话筒，我就破口大骂："我×你妈×你妹×你老婆！×你老婆!!×你老婆!!!"

从楼上下来后我仍然愤愤不平，看街上每个人都像欠我的钱。到停车场看了一下，桑塔纳又不在，肯定是刘三这家伙开走了，我无名火起，咬着牙拨通了他的手机，这是一个多月来我第一次跟他私下联系。刘三问我什么事，我说我要用车，赶紧开回来。他说他妹妹搬家，想用车拉一下东西。我说我管不了那么多，我要陪客户去汽修厂。刘三悻悻地把车开回来，看见我一点表情都没有，咣当关上车门，扭头就走。我盯着他的背影啐了一口，心想你他妈小人一个，还敢跟老子发脾气？

刘三工资比我低不了多少，每月四千多，再加上提成，好的时候经常过万。不过这厮特别狗气，一起吃饭从没见他掏过口袋，周卫东几次骂他“铁裤裆”，他们俩有点像当年的我和董胖子，面和心不和，得着机会就互相打击。我常常是两边安抚，打几巴掌揉一揉，惹急了干脆各打五十大板，所以他们也不敢闹得太过分。周卫东脾气有点像我，大手大脚地花钱，见了美女流口水，要不是因为他整天大咧咧地给我捅娄子，肯定比刘三要混得好。前两天我抓住刘三的一点小辫子，硬是把他的工资降了六百块，董胖子也拿我没办法，据说刘三气得直跳。

想起公司的事我就有点想念赵燕，五一过后她请了几天病假，后来干脆就辞职了。我做了半天的思想工作，从改革开放说到WTO，从海湾战争说到.com，国际国内形势分析了个遍，把嘴都说破了也没把她留下来。走之前她到我办公室坐了一下，眼圈发红，看起来依依不舍，我心里也一跳一跳的。漫无边际地扯了半天，赵燕交代了他和驴子的关系，听那意思早就睡过无数回了，我心里酸水直冒。赵燕最后叮嘱我一定要提高警惕：“你啊，不算好人，坏也没坏到家，平时看着聪明，笨起来打都打不醒，还有点傻乎乎的善良，恐怕最后吃亏的还是你。”

我开着车拐上大学路，路边有几家炝火冒烟的烧烤摊，衣着寒酸、脸面干净的大学生们三三两两在街上闲逛。现在的大学生比我们当年更开放，除了扫舞盲、扫计算机盲，据说还有扫处女、扫童男的。校门口的录像厅一过十二点就来黄的，心灵脆弱、身体坚强的时代骄子们经常会边看边模仿。王大头有一次抽调到这个区突击检查，在包厢里抓了一对现行，坐在椅子上干的，女上男下，其乐陶陶。王大头拿手电照他们，还被呵斥了一句：“看什么看？我买过票了！”

我今天就是想出来猎艳。赵燕说我有时候冒傻气，想想真是这样，赵悦现在不定躺在谁怀里呢。孙总有句名言：人生在世，食色二字。他算是看透了。我点上一支娇子，心想这辈子委屈谁也不能委屈自己，风流趁年少，能快活一刻就快活一刻。

前面不远处有一个女生，身高一米六五左右，细腰丰臀，背影十分动人，我慢慢把车开过去，探出头来问：“美女，去不去泡吧？”她白我一眼，骂我“脑壳有包”，这姑娘的前半部分也就是五十分的水平，还挺拿自己当盘菜的，我悻悻地想。

转了一圈也没看见个合意的，要不就挎着男朋友。我下车买了一瓶蓝剑纯生，烤了几串牛肉和香肠，一面吃一面东张西望。我今天是打定主意在这儿混了，看见满意的我就过去搭讪两句，问她去不去泡吧。这是我泡妞的基本功：脸皮厚，百折不挠。我长得不算难看，西装革履的，还开着车，比那些青不愣登的大学生要有魅力得多，只要不怕失败，就一定会成功。

半个小时我尝试了四次，四次全都失败，被翻白眼两次，被称为神经病一次，最后一个姑娘倒没有正面拒绝，只是说她晚上有事，改天吧。烧烤摊老板不怀好意地瞪着我，我坐不住了，在心里盘算是继续等下去呢，还是找个OK厅去光顾职业女性。

这时李良给我打了个电话，语气十分严肃："你说话方不方便？"我说："你说吧，什么事？"他像命令似的对我说："你带我去找个鸡。"我说："烂人，你不是吃错药了吧，你不是号称永不嫖妓的吗？再说，叶梅要是知道了，还不得把我掐死啊。"他不耐烦地打断了我的话，说："少跟老子提这个，你去不去？不去我找别人了。"我只好说："好吧好吧，我去我去，不过你如果只是跟叶梅赌气，我劝你再想一想，那可是你的原则啊。"他沉默了一会儿，突然提高了声音，尖着嗓子问我："我对谁忠诚？谁值得我守身如玉？！"

十七

李良毕业后一直没交过女朋友，偶尔跟我去一下夜总会，也是规规矩矩地坐着，最多搂搂坐台小姐的肩膀。1999 年他还没买这辆奥迪，刚领了驾照，瘾大得很，一到周末就要开车出去兜风，我们公司的桑塔纳就是这么搞烂的。

有一天我们一直开到绵阳，在健美康乐城停了车。这里一度曾是我的“窝子”，就是据点，最兴盛的时候有一百多个小姐，全坐在大厅中央的沙发上，低胸短裙，肉香四溢，用年轻的身体迎合社会无所不在的性欲。我给李良挑了个高大丰满的姑娘，逼着他进房，李良不从。我威胁说：“你娃再装正经，老子以后就不带你出来了。”他灰溜溜地进了房。我比较了半天，选了个脸长得有点像赵燕的姑娘，用言语挑逗了半天，然后搂着她上了楼。

我的那个姑娘十分敬业，不催促，不推拒，自始至终脸带微笑，事毕之后我咂咂嘴走出来，发现李良的房门依然紧锁，心里暗暗佩服，想这小子看起来瘦巴巴的，居然还是个长跑选手。又过了半个多小时，啤酒都喝下去一整瓶，才看见他们两个说说笑笑地下楼。我心生疑惑，找个机会把那姑娘叫到一旁，不怀好意地问她："我朋友厉害吧？"她撇撇嘴，说李良连鞋都没脱，语重心长地跟她谈了半天人生，还背着手教训人："年纪轻轻的，干什么不好，非要干这个？"我当时几乎笑倒，事后想想又替李良难过，他也太看不开了。

跟李良认识十年了，我突然发现我根本不了解他。在李良的情感世界里，有哪些疼痛，有哪些快乐，我一无所知。毕业时吃散伙饭，他一个人喝了七瓶啤酒，当场就吐了一桌子，我和王大头扶他回宿舍，走到半路，他突然挣开，扑到路边抱住路灯叫"妈"，哭得鼻涕一把泪一把，拖都拖不走。后来他遮遮掩掩地提起，说他母亲很早就过世了，他上小学时穿得破破烂烂的，比要饭的都不如。李良对自己的成长历程讳莫如深，每次问起，他都是一副狂躁不安的样子，满面涨红，青筋暴起，挺吓人的。他爸爸来过几次成都，李良见了他总是淡淡的，表情又冷漠又厌倦。

夜色中的成都看起来无比温柔，华灯闪烁，笙歌悠扬，一派盛世景象。不过我知道，在繁华背后，这城市正在慢慢腐烂，物欲的潮水在每一个角落翻滚涌动，冒着气泡，散发着辛辣的气味，像尿酸一样腐蚀着每一块砖瓦、每一个灵魂。就像诗人李良说的："上帝昨夜死去／天堂里爬满蛆虫。"他此刻正坐在旁边一支接一支地抽烟，脸阴得像个茄子。

我一直怀疑李良的性功能有问题，大学时代我们在水房里洗澡，三九寒冬也脱得精光，一盆凉水兜头浇下去，爽得哇呀乱叫。偶尔有女生上来，看见这副景象总是大叫而逃。无聊起来大家就互相评价，谁的长谁的粗，哪个包皮过长，哪个久经沙场，听得陈超面红耳赤。只有李良，从来不肯在人前脱衣露体，总是假模假式地穿一条小裤衩。隔壁宿舍的王健有一次伸手去扒他，李良愤怒得不可理喻，差点拿刀捅了王健。我和王大头都觉得他大惊小怪，现在想想，李良一生的悲欢，可能都藏在那条湿湿的小裤衩里。

不出我所料，李良夫妇一离开我们的眼就吵得一塌糊涂，李良急怒之下驾车狂奔，一脚油门踩到底，差点撞翻九眼桥。其中可能还有武打镜头，因为他右手贴着创可贴。据李良供称，叶梅下车后给一个男人打了个电话，然后跳上出租车就没影了，甩下一句话让李良恨满胸膛："× 你妈，明天就离婚！"李良说没想到她是这么粗俗的女人。我叹了一口气，想我倒是早就领教过了。

我们的目的地是广汉的凯撒大酒店，那是成都近郊最负盛名的高档娱乐场所，我的重要客户几乎都被我带去过。李良怎么说也是大款了，不能像我一样只吃路边小摊。过了青龙场立交桥，我给赵悦打了个电话，说李良有点事，我要陪陪他，晚点回家。赵悦嗯了一声没说什么。我挂上电话，看了李良一眼，心想生活的本质其实都一样，不管你纯洁还是淫荡。

凯撒大酒店的妈咪叫姚萍，三十多岁，是这一带有名的江湖人物，身材相貌当个亚姐港姐绰绰有余，据说十年前有半城小伙子为她打架。看见我走进来，姚萍笑得像一朵花，说：“你娃早把我忘了吧，这么久都不来。”我笑嘻嘻地说：“哪能呢，忘了谁也忘不了你啊。”上次跟赵大江他们来玩，我挑了半天也没挑到满意的，坐在那里叽叽歪歪，后来她说：“干脆我陪陪你吧。”她把我带到她的房间，使尽千柔万媚的各种功夫，让我真正知道了什么叫作“销魂荡魄、欲仙欲死”，事毕之后还不收钱，说是老了老了不值钱了，就算友情赠送吧。我明白，她只是故意把自己说得很贱，但话里话外都透着自尊，她这两年从不接客，听说有个广东什么市的市长曾经点名找她，她一口拒绝不说，还泼了市长一脸。

我搂着她丰腴的肩膀，目不斜视地走过美女的丛林，说：“我今天不玩，你把我兄弟安排好就行了。”她看了李良一眼，落落大方地伸出手去，说：“这里的女人除了我，你随便挑。”李良说：“我谁也不挑，就是你了。”她说：“我这么老了，怎么好意思上桌，你还是选个鲜嫩的吧。”李良仰面向天，说：“我出两千。”她说：“不是钱的问题，我现在不干这个了。”李良继续报数：“五千，不，一万！”她还是笑着摇头。

“一万五！”旁边的小姐呼啦围过来，无比景仰地看着李良。姚萍脸上的微笑渐渐凝结，阴森森地瞪着我。我拉了李良一下，他粗暴地挣开，不识时务地继续加价：“两万！”姚萍脸一下子白了，过了足足有一分钟，她说：“听着，知道你有钱，不过用不着在我们这些婊子面前显摆。今天我给陈重面子，你想玩就挑一个，不想玩就请吧。”我赶紧赔笑，说：“姚姐息怒息怒，他不懂事，你别往心里去……”话没说完，李良像头狮子一样狂怒地扇了我一耳光，说：“我 × 你妈！你干我老婆的时候怎么不说我不懂事呢?！”我立刻傻在那里，脑袋轰轰作响，像被闪电击中。

我和李良交往十年，只闹过两次别扭。一次是因为下象棋，我连赢了他四五盘，扬扬得意地臭他，李良满脸通红，说有本事再来。又下了一盘，没走几步被我闷宫将死，我笑着问他：“我让你一个车好不好？”他一下子发作起来，把棋子扫了一地，拂袖而去，两三天没跟我说话。第二次闹得比较厉害，就是我爬到他床上拿烟那次，他一把将我推下床，我一个没提防，重重地跌到地上，差点摔断了腿，站起来愤怒地质问他：“你怎么这个屌样？不就拿你支烟吗?！”他也怒不可遏，说：“你以为你是谁，懂不懂基本的礼貌，我怎么知道你是要烟还是偷东西？”我肺都气炸了，提起凳子来就要砸他，多亏老大和王大头及时拦住。那次我们冷战了几个月，暑假回来后，他扔给我一包红五牛，才算揭过了梁子。

我心中气血翻腾，悲哀、愤怒、惭愧、失望、耻辱，什么滋味都有，浑身哆嗦不停，姚萍以为我是气的，招手叫来几个小伙子，指着李良说：“他！”那几个气势汹汹地奔向李良，我艰难地咽下一口唾沫，挡在李良身前，说：“姚姐姚姐，千万别动手，今天给你添麻烦了，我改天再来赔礼。”说着转身去拉李良，他像根橛子一样竖在那里，脸上余怒未息，我小声说：“别在这里闹，咱们惹不起，你要打我出去再打。”他不说话，一脚踢在我裆里，然后血红着眼睛走了出去。我惨叫一声，抱着肚子蹲在地上，脸上冷汗直流，姚萍扶起我，问我没事吧。我又羞又疼，说不出话来，只顾哎呀哎呀地叫唤。姚萍问要不要拦住他，我拼命摇头，嘶哑着嗓子说：“让他走……让他走！别动他！”心里像猫抓一样难受，眼泪几次在眼里打转，我都生生忍住。

姚萍扶我进房间，说：“裤子脱下来我看看。”我心里一阵虚弱，像捞救命稻草一样箍住她，脸贴在她柔软的小腹上，眼泪唰地滚了下来。心想十年的交情，今天算是彻底完了。姚萍摸着我的脑袋叹气，说：“你在这里躺一会儿，我出去照看一下场子，今天晚上就住这里吧，姐姐再陪你一次。”

十八

六月的成都充满生机，花开了，西瓜上市了，空气中弥漫着茉莉花的香味。入夜之后，总有些人在笑，另外一些人在哭，而我或在其中。

生命不过是一场坟地里的盛宴，饮罢唱罢，死亡就微笑着翩翩飞临。当青春的容颜在镜中老去，还有谁会想起那些最初的温柔和疼痛？

赵悦感冒了几天，让她去买点药她总是说没时间，三拖两拖就拖严重了，昨天晚上发高烧到三十九摄氏度，我把家里的被子全给她压在身上，还是不停地喊冷。好容易挨到天亮，我半扶半抱地把她送到医院，赵悦有气无力地哼哼着，看得我很心疼，一个劲儿地埋怨她不听话："早叫你来你不来，现在知道难受了吧？"她斜躺在我怀里，嘴里有一股腥味，像是刚从鱼肚子里爬出来。吊了一针柴胡，赵悦昏昏沉沉地睡去，鼻翼一扇一扇的，像个三岁的孩子。我把吊瓶的流量调到最小，拿纸巾给她擦了一下脸，她"唔"了一声，把我的胳膊紧紧抱住，嘴里嘟嘟囔囔地说头疼。昨天晚上被她折腾得一宿没睡，我坐了一会儿，也撑不住了，靠着病床一顿一顿地打瞌睡。蒙眬中听见旁边有人说话："这不是陈重吗？"我一下子睁开了眼睛，看见不远处站着一个雪白丰满的少妇，正对我不怀好意地眨眼。

我把手轻轻地从赵悦怀里抽出来，她睡得很甜，脸上挂着一丝无邪的笑。我走到门口，招了招手，娥眉豆花庄的老板娘轻手轻脚地走出来，问我："你老婆？"我在她腰上摸了一把，笑着说："是啊，比你漂亮吧？"她哼了一声，做出一副很吃醋的样子，我说："行了行了别装了，你一天泡八百个帅哥，还好意思扮纯情？"

娥眉豆花庄就在我们公司对面，老板姓肖，乐山人，个子不高脸巨大，眼中精光暴射，像个练铁砂掌的武林高手。我在他店里应酬过几次，尤其喜欢吃他亲手做的豆花鸡，一大盆雪白粉嫩的豆花，里面煮着喷香的鸡肉、脆生生的贡菜，吃起来鲜美无比。一来二去混熟了，哥哥嫂子地乱叫，跟老板娘说些风言风语，你踢我一脚我摸你一把，老板也不生气，照样过来敬酒上菜，手如蒲扇，眼似铜铃。1999 年冬天的一个晚上，我和李良打麻将到夜里一点钟，李良输了七千多，十分懊丧，说今天手气不好，不打了，喝酒去。我带他去娥眉豆花庄，老板不在，老板娘正准备关门打烊，我敲着桌子说："快快，豆花鸡、豆花鱼，再来四瓶啤酒。"酒菜上来后，我叫老板娘一起吃，她也不客气，一屁股坐在我旁边，划拳拼酒，跟我们比着讲黄段子。李良出去接电话的当儿，她拿膝盖一下一下地顶我的腿，说她老公今晚不在。我心里火烧火燎的，好容易等李良吃完了，对他说："你先回去吧，我还有点事要跟老板娘谈。"他瞪我一眼，说："小心我告诉赵悦。"

她的床头有一幅巨大的结婚照，那个姓肖的矮男人在照片里一脸严肃，双眼精光暴射，像两盏探照灯。

她鬼头鬼脑地问我下午有没有空。我说："做啥子，又想挨球了？"我一见到她就忍不住想说粗话，她比我也文明不了多少，有一次打电话给我，开口就问："想不想×？想×就过来，他不在家。"前几回我还觉着新鲜，后来就有点烦她，心想这个女人怎么跟头驴一样，除了那事不想别的，而且一点情调都没有，脱了裤子就上炕，事毕之后咂咂嘴，该收我多少饭钱还收我多少饭钱。

她用鞋跟踩了我一下，说："你脸上都长痘痘了，该去去火了。"我探头往病房里看了一眼，见赵悦翻了个身，还在呼呼大睡，心里盘算了一下，想按我的战斗力，从去到回，也就是一个多小时，估计赵悦还没睡醒呢，心里忽然骚动起来，拉起老板娘的手就往外走，说："这次去我家，省得看你老公那张球脸。"

我住在玉林小区的青年嘉苑，去年买的房子，按王大头的说法，也算是高档住宅了，"可惜住了你这个贱人"。因为装修的事，我和赵悦大吵了一架，她那阵子像个疯婆子一样，头不梳脸不洗，恨不能跟装修工人睡在一起，生怕他们偷工减料。我说：“你犯得着这样吗，将就着能住就行呗。”她一下子火了，把刚粘好的墙纸哗地撕下一大片，连声质问：“我是为了谁？我是为了谁?！”我只好低头认罪，在心里骂她神经病。等到工程完毕，赵悦上上下下收拾了好几天，还跪在地上，一块砖一块砖地擦，把整间房子擦得一尘不染，让我站在门口直犯嘀咕，对她说：“你弄得这么干净，我都不敢回家了，你背我进去吧。”

老板娘鞋都不换就往里闯，被我一把拽住，皱着眉头下命令：“换鞋！”她疑惑地看了我一眼，我心想这地可是赵悦一点一点擦出来的，你凭什么把它搞脏？她扶着我一蹬一蹬地脱鞋，手上油腻腻的，一股子菜汤味，我突然感到一阵恶心。进卧室后，她抱着我就要亲嘴，我一把推开她，不耐烦地挥了挥手，说：“你先去冲凉。”

我一直觉得老板娘不太干净，指甲缝里经常塞满油泥，肖老板疼她，给她买的衣服全是名牌，连内裤都是CK的，但上面不是带着葱花，就是沾着蒜泥，还有一次我发现她从卫生间出来连手都不洗，十分恶心，硬逼着她回去再加工。老板娘对自己的习惯也有点不好意思，后来每次跟我约会都要先声明：“我刚刚洗过澡。”

她有点生气，说：“陈重，这算啥子意思，你看不上我就直说，用不着推推搡搡的。”我知道自己理亏，赔着笑说：“不是那个意思，你知道我老婆病了，我有点心烦。”她刺了我一句，说："没看出来你还是个关心老婆的好男人。"然后一扭一扭地走进卫生间。

我往CD里放了一张摇滚碟，点上一支烟，在屋里烦躁地走来走去，一甩手碰倒了桌上的相框，我蹲下身，小心翼翼地捡起来，端端正正地放好，看见赵悦一袭白纱，正对着我甜甜地笑，目光中深情无限。相框背后是一排五颜六色的小兔子，赵悦属兔，她相信这些兔子会带给她平安和幸福。

老板娘冲完凉，一丝不挂地走出来，打量了一下我的房间，说："你这里不大，不过真是干净，你老婆一定很贤惠。"说得我心里一疼。她伸手抱住我亲了亲，说："一个多月都没见过你了，挺想你的。"她的皮肤真是无可挑剔，柔嫩滑腻，像娥眉豆花庄里最好的豆花，我心中的火焰腾地烧了起来。

董胖子把女人分为两种：实用型和观赏型。每次我们批评他老婆的品相，他总要辩护说她是实用型的："你们知道个啥子？弯弯！"弯弯就是老土的意思，不过我总觉得他是在吹牛，他老婆瘦得像个板凳，又没前又没后，临床效果一定不理想。像老板娘这种才是真正实用型的，一碰就叫，整个人就像一团大棉花，粉嫩凉滑，足以熔化任何一种钢铁。

客厅里电话突然急促地响起来，我想谁这么不识趣，这个时候打电话来。骂了一声他妈的，低头继续发功，那个电话像是故意跟我过不去，一遍遍地响，丁零零丁零零，吵得人心烦意乱。我受不了了，腾地跳起来，光着屁股拿起话筒，恶狠狠地问："找谁?！"

电话那面没有声音，我气死了，刚要挂机，听见赵悦有气无力地说："开门！我没带钥匙。"

1998年春节跟赵悦回东北，见到了传说中的岳父岳母。赵悦那段时间心情很不好，整天忧忧郁郁的，所以我总叫她"黛玉大嫂"。大年初二从她爸家吃完饭出来，天上下着大雪，用她爸的话说就是"贼冷贼冷的"，赵悦不顾我的劝告，执意要走着回家。行至一条无人的小巷，她突然停下来，说心里难受，你抱一抱我。我把她拥进怀里，小声在她耳边说："别难过了，他们不疼你，还有我呢。"赵悦抖了一下，搂着我的脖子就开始哭，泪水冷凉地沾在我脸上。我抬起头来，看见飞花满天，狂乱的雪片像无所凭依的扑火飞蛾，一片片落在我们的肩头。

那个夜里我也很感动，想起赵悦成长中的各种苦处，父母离异后她一个人躲在小屋子里哭，然后像个小大人似的帮妈妈打理家务，觉得十分心疼。赵悦经常问我永不永远的问题，我从来都是随口敷衍，只有在那个夜里，我无比真诚地回答："我会对你好一辈子，你不哭了好不好，黛玉大嫂？"

我慌乱得无法形容，在客厅里跳了两下，跌跌撞撞地冲进卧室，声音都变了："快……快穿衣服！我老婆回来了！"

老板娘像根弹簧一样跳了起来，张开手到处划拉衣服。我眼前一黑，几乎晕倒，在心里叫完了完了。她穿戴整齐，七手八脚地帮我系扣子，还问我有没有地方躲。我没好气地说躲个锤子躲，心想赵悦有备而来，你躲又能躲去哪里？

赵悦脸色苍白，斜靠在墙上看着我。我伸手去扶她，她厌恶地推开，喘着粗气走进客厅。老板娘站在窗前，一张粉脸涨得通红，我心中怦怦乱跳，身上脸上汗水直流。赵悦坐了一会儿，对老板娘说你滚，声音嘶哑冰冷，暗含杀气，让我情不自禁地抖了一下。老板娘一言不发地走出去，轻手轻脚地关上门，在门外呼地长出一口气。赵悦凶狠地瞪着我，气得嘴唇直哆嗦，我心想事已至此，也没必要畏首畏尾，大胆地迎着她的目光。渐渐地，赵悦的眼圈红了，小嘴扁了一扁，哇地哭了出来，一边哭一边痛斥我的品位低下："那么恶心的女人你也要！"

十九

2001年6月15日，离我结婚三周年只差三天，吃早饭时赵悦说："要不然再多等三天？"我的眼泪一下子滚了出来，赵悦低下头，过了一会儿也抽抽搭搭地吸鼻子。

吃完饭她在镜前梳头，我站在她身后强作微笑，说："你还是挺漂亮的，不愁嫁不出去……"话没说完赵悦的眼圈就红了，手瑟瑟发抖，梳子啪地落到地上。这两年赵悦有点胖了，我看着她不再苗条的腰身，想起她那天说的一句话："我最好的几年都给了你。"心里一阵剧烈的酸痛，眼泪扑簌簌地落在她刚给我打好的领带上。

这几天我们几乎说尽了一生的话，赵悦说："你还记不记得我们第一次约会？"我说："记得，你那天穿一条紫色的连衣裙，手里拿一本《马克思主义哲学原理》。"她说："你还记不记得你偷看我洗澡？"我说："记得，我当时踩在凳子上，被你泼了一脸的水。"她不停地问我"记不记得……"，我哭着说："你别问了，我一切都记得，那些就是我们的爱情啊！"赵悦扑到我怀里号啕大哭，说："那你怎么还跟别的女人乱搞，还把我一个人扔在医院里？"

离婚是赵悦先提出来的。我无言以对，过了半天，我哀求她说："我知道错了，你能不能再原谅我一次？"赵悦哭着摸我的脸，说："我也不知道离开你会怎样，但我一辈子都会记得今天的事，你让我怎么原谅你？"她的手还在发烫，我看着她散乱的头发和苍白的脸孔，心里无比痛恨自己的无耻，重重地扇了自己一耳光。赵悦马上拉住我的手，说："不要打，陈重，不要打，我心里也难受啊。"

我们心平气和地讨论家产分配问题，我说："房子给你。"她说："我不要，给你。"我说："我还可以回父母家住，你离开这儿又去哪儿？"她说："那我给你钱。"我腾地站起来，红着眼睛质问她："赵悦！我就那么贪图你那点儿钱？再说，你才有几个钱？！"然后我们抱在一起大哭，我说："不离了，行吗？"她摇头，说："如果有一天我能把那事忘了，我就会去找你。不过现在，我说什么也要跟你离婚，你太让我伤心了！"

这几天我们还是睡在一起，我摸她，她一动不动，我亲她，她用手挡着嘴，我要脱她的裤子，她就死命地挣扎。有一天我撕扯了半天也没得手，勃然大怒，说："你装什么正经？全身上下都被我摸了个遍，为什么不跟我……"她打断我，冷冷地反问："你吃饭的碗被人拉了屎，你还会不会拿它吃饭？"我说："不管是屎还是饭，一天不离婚你就还是我老婆，你有这个义务！”她站起来脱得一丝不挂，然后四仰八叉躺在床上，对我说：“你来玩我啊，像玩那个肥女人一样玩我啊！”我立刻像个泄了气的皮球一样扑倒在她身旁，心中又耻辱又愤怒，如被刀割。

我们第一次是在校门口的招待所里，在此之前已经亲吻、抚摸过不知道多少遍了，赵悦就是不肯接受我最后的检阅。为这事我们吵了第一次架，我说：“你跟他都能干，为什么跟我就不行？”赵悦满脸通红，说：“陈重你不讲信用，你说过不提那事的，你到底把我当成婊子还是你女朋友?！”吵到不欢而散，她连晚饭都没吃就回去了，任我在楼下千呼万唤，始终不肯露面，最后看门的大爷都烦我了。

不过这事对她还是有点促进作用，三天后她就跟我走进了招待所。脱衣服之前她一本正经地问我：“我不是处女，你会不会介意？”我急吼吼地过去解她的扣子，嘴里说不介意一点都不介意。她拍了我的魔爪一下，说：“你站远点，听好了，我不是一个随便的女人，我今天给了你，是希望你以后娶我，你做得到吗？”我正在忍受性欲的剧烈撞击，体内的荷尔蒙如江河倒灌，不假思索地说做得到做得到。赵悦立刻开始脱裤子，几年后她跟我说，其实她也是一直在强忍着。

往事如流水，我像一个无知懵懂的败家子，一路挥霍而来，直到结局的那一天，才发现自己已经一文不名。

婚姻登记处的办事员是个慈眉善目的中年妇女，她说："你们俩多般配啊，真可惜。"赵悦听着突然转过脸去，用力地眨巴着眼睛，胸口一起一伏的。离婚的资料都准备好了，我把户口本、身份证、结婚证和照片一一递过去，心里痛得发麻，对赵悦说："你今后就不是户主了。"她一下子哭出了声，一只手用力地掐我的肩膀。

办事员看到这个场面，连声说要不得："你们这个我一定不能办，办了是要伤天理的。"我叹气，说："没有用的，我们早就商量好了。"她愤怒地瞪我一眼，说："你们男人就是没良心！"然后问赵悦："小妹，你咋个说？"赵悦哭着点头，说："是我要离婚的，跟他没关系，你就给我们办了吧。"看得办事员也在里面掉眼泪。

离婚协议书上少了一个签名，我签完了，把笔递给赵悦，说："这个还挺像《赵氏家法》的。"她抖成一团，靠在桌上写不出字来。办事员在最后关头还不死心："我最后问你们一句，你们是不是想好了？"我看着赵悦，她眼中满含热泪，我嗓子像是被什么东西堵住了，嘶哑着问她："你真的……不后悔？"办事员也在旁边劝："结发夫妻啊，小妹再想想吧。"赵悦不顾旁边那么多人看着，趴在我怀里就哭，还一边用拳头捶打我的胸膛。我温柔地说："不离了好不好，我们回家。"赵悦不说话，只是摇头，过了一会儿，她擦干眼泪，对办事员说：“我们想好了，办吧。”我一下子蹲到了地上。

成都的今天艳阳高照，街头行人如织，我搂着赵悦走出来，在滚滚人流中依偎前行，一步泪痕一步叹息。经过人民公园门口，看见一个胖子扑通栽倒，我笑了一下，心情突然好起来，问赵悦要不要吃点东西，她点了点头，跟我走进肯德基。

“男人是不是都这个德行，见了美女迈不动腿？”赵悦吸着麦管问我。我说：“大多数吧，你那个企业家情人肯定也靠不住。”说到这里我有点沮丧，说：“离都离了，你能不能告诉我那个电话是怎么回事？”赵悦脸红了一下，说：“肯定不像你想的那样，我们之间清清白白。”我说：“你不会嫁给他吧？”她说：“你胡说什么，我们只是比较聊得来的朋友。”我一下子高兴起来，扭扭捏捏地问：“呃……你如果再找男朋友，会不会，呃……第一个考虑我？”她低下头去，不说话，眼泪一滴一滴地落到盘子上。过了半晌，她说：“你早干什么去了?！为什么到这时候才想起来要对我好？”我突然想起了我爸的话：“你啊，就是个驴球脾气！”

我的东西都搬得差不多了，只剩下一些书和影碟。赵悦默默地帮我收拾好，装在一个大旅行袋里。我提起来就往外走，她在背后叫我：“陈重。”我转过身，赵悦仰着脸帮我理了理头发，柔声说：“你以后要好好照顾自己啊。”我再也忍不住了，一把将她搂进怀里，紧紧地抱住，眼泪吧嗒吧嗒地落在她的头上。

妈妈知道我的事后，连续几天都没心思做饭，一天到晚唉声叹气，让我无比气闷。我把自己关在房间里，听音乐，看书，但只要一想起赵悦，心就像被刺穿了一样疼痛。老两口坐在客厅里比赛谁更深沉，相对唏嘘，老汉的白头发眼看着就多了起来。我心想自己真是不孝，快三十岁的人了，还让父母这么操心。

吃完饭赵悦打电话问我怎么样。我说挺好的，跟她请示我晚上回去睡行不行。赵悦斩钉截铁地说不行。我苦笑了一下，想以前她天天盼我回去，现在我想回去都不行了，心里又是一阵难受。老汉敲敲门走进来，脸上挂着拙劣的笑容，对我说："兔娃儿，杀一盘？"我胸口一下子滚烫起来，眼泪在眼眶里打了几个转，被我硬生生地憋回去。

爸爸的棋艺还是那么臭，刚八十几手，就被我杀死了一大片，他推枰认输，想劝我两句，又找不出话来说，只是闷闷地坐着。正尴尬间，王大头打电话来，说："没想到你娃真的离婚了，我就知道那个女人不是什么好东西！"我有点生气，说："闭上你的臭嘴，这事跟她没关系。"他嘿嘿地笑了一声，说："不跟你一般见识，知道你心情不好，我们在零点二楼，你快点过来，一醉解千愁嘛。"我问他："李良在不在？"他说："在，屁娃娃正被我坐在屁股下，就是他让我叫你的。"

二十

我妈找婚姻介绍所帮我介绍了几个女朋友，开始我坚决不去，说："这都什么时代了，还那么老土，我自己不会找？"老太太哼了一声，说："看你找的什么东西，又骗你家产又玩弄你感情。"

她最近对赵悦一肚子怨恨，上个星期跟我姐一起去找她，希望能为我们说合，没想到正好碰见她跟一个男的在促膝谈心，神情亲密。我姐说老太太当时就有点哆嗦，说了几句话拂袖辞去，回家后喃喃咒骂，说赵某人长着一颗贼心，结发夫妻，那么多年的感情，她也真忍心，说丢下就丢下了。然后置一个医护人员的工作常识于不顾，预言赵悦未来儿子的肛门有缺陷。

我听见这事，心里像被什么扎了一下，火烧火燎地疼。晚上打电话给赵悦，强作欢笑，问她是不是有男朋友了，赵悦说正在考查，还说这次一定要找个人品好的。我指责她不讲义气："不是说好了优先考虑我吗？"她叹了一口气，说："你有时候真挺单纯的，你真的认为我们两个有可能复合？"我勾着头坐到沙发里，半天说不出话来。

我妈老是鼓动我跟赵悦重分家产，然后掰着手指头帮我算账：房子的首期十二万，我出了三万，老汉赞助了两万；全套家具三万多，全是我买的；全套家电不下两万，我姐赞助了一半。总数合计七万多，还不包括我每月供房的钱。刚离婚时我还信誓旦旦地跟她保证，说赵悦只是暂时保管，早晚还是我的。出了这件事后，我妈催得我更紧了，说："你要不好意思说，我替你说去。"我一下子急了，跟老太太瞪眼睛。"你别烦了好不好？不就那么几个钱吗？再说，"我的喉咙堵住了，"赵悦哪有什么钱？"

大学时代的赵悦一直都很穷，当时我每月生活费四百元，她只有一百五，加上学校每月发的四十九块五毛钱补贴，也就刚刚够花。赵悦后来伤心地告诉我，说看见其他同学买漂亮衣服，她总是一个人躲在蚊帐里，心中充满惆怅。我听了很是心疼，大三下学期，我斥三百元巨资给她买了一套灰色的职业装，赵悦感动得都快哭了，狠狠地抓着我的手，像梅超风在练九阴白骨爪。那是 1994 年的春天，樱花烂漫，柳丝飘扬，我和女生赵悦在礼堂后的小树林里紧紧拥抱，对生活充满信心。而七年之后，那套职业装早成了抹布，就像我们曾经热烈过的情感。

我妈共给我安排了四次"面试"，四个人各具特点。第一个健壮无比，身材像是搞举重的，我喝了会儿茶，借口公司有急事，仓皇逃离现场。我妈问怎么了，我说："我打不过她，你不想你儿子天天鼻青脸肿的吧？”第二个长得倒还有几分姿色，就是粉搽得太厚，像戴着一顶钢盔，一见面就问我有没有房子、有没有车子。我说只有自行车，还是借钱买的，她马上就冷了脸。

每次“面试”，我妈总要介绍我是“短婚”，意思是我的婚姻不会给我任何影响。我在一旁听着目光黯淡，心想：那三年的时间，究竟对我意味着什么？是一个玩笑、一场游戏，还是一个永不愈合的伤口？而经历过那一切之后，我还有没有勇气再来第二次？李良说婚姻和卖淫嫖娼是一回事，只不过一个批发，一个零售而已。说得我黯然神伤。

那天我们三个喝了二十三瓶生力啤酒，午夜之后，李良打电话叫来一个小姑娘，念旅游职高的，漂亮得让人心跳。李良搂着美女，吊儿郎当地说他算是想开了：“生活以快乐为本，不必拘泥规则。”说完在她脸上亲了一下，问：“是吧？”那姑娘含羞点头。

我端起酒杯，看见舞台中央灯光闪烁，一个长发飘飘的帅哥正在嘶哑着歌唱：“再靠近一些 / 一朵花正在枯萎 / 再靠近一些 / 你会看见我眼中含满泪水……”我转过头来，看着我的朋友李良，他的脸在角落里幽幽地泛着青光，像一块冷却的金属，他的双眼和十年前一样明亮，只是多了一丝冷冷的笑容。我醉醺醺地靠在椅子上问自己：这就是我们曾经热切盼望过的未来生活？

你注视它

它就会燃烧

——李良，《天堂·柴》

李良和叶梅分居了，说起这事，他不无怨恨地看了我一眼。王大头说："喝酒喝酒，今晚谁再提不高兴的事，老子就把他铐起来。"其实我一直都有点看不起王大头，觉得他层次低，没文化，俗人一个。不过回过头来想想，这么多年了，他一点亏都没吃过，一步冤枉路都没走过，除了运气之外，肯定也不乏生活的智慧。李良说他是孙猴子假扮的猪八戒，王某人有点不好意思，说："我不像你们，东想西想的，我只要白天有口喝的，晚上有把摸的就够了。"据说这厮最近又要升官，调到分局去管装备，是一个著名的肥缺。李良不无嫉妒地说："你赚钱比我容易多了，又没风险又不用费脑筋。"王大头装纯洁，说："我可是人民公仆，吃吃喝喝无所谓，还真不敢伸手大把捞钱。"我没好气地打断他："你娃买房子的三十多万不会是天上掉下来的吧？"李良连声附和，说："就是就是，你家里一柜子的五粮液难道是你尿出来的？"

抨击完贪官污吏，李良看着我笑了笑，昏暗的灯光下，我分不清那是真诚还是讥讽。从凯撒大酒店回来后，我给他打过几次电话，想请求他的原谅，不，是饶恕。我认为这世上有几样东西是重要的，其一就是李良的友谊。但他每次都是直接挂机，听都不听，我讪讪地放下话筒，嘴里腥臭不堪，像咬破了自己的苦胆。

我桌上摆着一张我们宿舍的合影，那是在1993年的长城，李良搂着我的肩膀，我掐着王大头的脖子，陈超木头一样站在旁边，已经死去的老大流里流气地叼着香烟，结实得像一头公牛。时隔八年，我依然能清晰地听到当年的画外音，李良说：“我们今后要有福同享，有难同当。”老大补充：“有女人同上！”然后一群人哈哈大笑。八年之后，我看着这张照片有些敬畏，我从来不信命运不拜神，但在那一刻，我想：是谁改变了照片中少年们的生活？是谁把他们分配在生死两岸？或者，我的裤裆里又在隐隐作痛，是谁让李良踢向我们的友谊？

我曾经问过自己：如果李良不是那么有钱，我还会不会如此重视他？

我不知道。

那天晚上我们喝得都有点高，我到卫生间抠着嗓子吐了一次，出来后支持不住了，扒着洗手池的台子大口喘气，感觉自己像一条搁浅的鱼，正为了最后一口水拼命挣扎。服务生拿热毛巾敷在我脖子上，用力地帮我按摩，我突然想起以前靠在沙发上让赵悦掏耳朵的情景，嘴里又酸又苦。

坐回桌上又喝了一瓶，我摇摇晃晃地站起来，说要回去看看赵悦。王大头用力把我按回椅子上，粗鲁地骂我："日你妈，你有点出息行不行？"我嘴唇哆嗦了两下，酒气上涌，心里又屈辱又伤感，抽抽搭搭地哭起来。李良也喝多了，坐在那里傻乎乎地笑，看见我哭更是笑得直往地下出溜，小美女吃力地扶着他，被他一把推开，说："去，去陪陪我哥们，今晚他就交给你了。"美女白他一眼，李良又开始笑，说出来的话却是阴毒无比："都少他妈的跟我装蒜，不就是想我的钱吗？我给你一万，你……不干？"

那夜的乐声震耳欲聋，灯光明灭不定。在零点酒吧的二楼，一个人在哭泣，那是陈重，另外一个人哈哈大笑，那是他的情敌和朋友。从更远的角度看去，渐渐沉睡的成都像一座巨大的坟墓，偶尔有几星灯光，那是残存的生命的磷火，而那些哭着笑着的人，正慢慢走向死亡的穹顶，就像墓道里的蚂蚁。

二十一

据说我们老板当年也是个诗人，每年7月8日搞厂庆，总有些马屁分子在台上朗诵他的歪诗，什么“啊长江，啊黄河”之类的，听得人跌倒尘埃。看总公司下发的《厂庆特刊》，我每次都要笑半天，孙总为这事还批评过我：“陈重你要注意自己的态度，你毕竟拿的是人家的钱，尊重一些好不好？”我收摄心神，面带沉痛，像跟遗体告别。

传说中的老板英明神武，算无遗策，公司大小头目提起他来，无不景仰得如滔滔江水。有一期《厂庆特刊》还登了一张老板的照片，看起来比我老不了多少，目光炯炯，一副看穿铜版纸的狠劲。传说中的老板还在办公室挂了一幅字：养士如饲鹰，饱则飏去，饥则噬主。不知道公司高层愿不愿意把自己当成鹰犬爪牙，反正我挺寒心的。

周一上午，总办秘书给我打电话，说老板周三到成都，给我一个小时的时间，让我到假日酒店跪迎大驾。我听到这个消息，兴奋得差点跳起来，心想我的述职报告没白写。刚放下话筒，人力资源中心的刘总就打我手机，关照我注意面试细节，要穿职业装打领带，不能吃葱蒜臭豆腐，我谢恩不迭，感觉霉气一散而尽，天上地下的神仙妖怪都开始护着我。刘总最后还透露了一个消息——老板看完我的述职报告，在上面批了八个字：人才难得，砺其羽翼！我咧开嘴，无声地笑了半天，心想传说中的老板看来也不是白痴。董胖子不知在门外说些什么，透过门上的透明条，我看见一个肥壮的屁股正在趔趔地原地自转。我磨着牙发狠，心想：死胖子，我们来日方长！

打电话的刘总也是一个传奇人物，在公司几上几下，依然保持坚挺，有一次直接从销售总监降到最基层的业务员，每月拿九百多块，他居然也忍了下来。这就是我们公司的企业文化：把一个人打倒，冷眼旁观他的反应，如果还能勃起就是人才，早泄了就是脓包。

董胖子这些天一直被他的丑老婆严密监管，每天查岗两次，下班后定点报到，还禁止出席一切娱乐活动。前些天重庆的赖广昌到成都出差，这是我们的大客户，一年一千多万的生意，说是出差，其实就是出来吃喝玩乐搞女人的借口，用他的话讲，叫作“体验成都生活的深度和湿度”。我给他借了一辆君王，安排他住在锦江宾馆，带他到银杏和牡丹阁吃了两次，每次都超过三千，还得说是“不成敬意，工作餐”。最后一晚上，老赖回请，说把董总也叫来吧。我给胖子打电话，他哮喘了半天，说老婆大人不同意，请不下假来。搞得老赖很不高兴，说董胖子是一只“瘸腿红苕”，不知道什么意思。

董胖子一定还受过肉刑，前些天酷热难当，他一直鬼头鬼脑地穿件长袖衬衫，动作中破绽颇大。我见此甚有感慨，叹息着告诉周卫东：“每一张胖脸背后，都有个血刺呼啦的屁股。”他几乎把假牙笑掉。六一儿童节公司搞游园会，组织全体员工到百花潭公园打麻将，我和周卫东他们坐一桌，刚开局就自摸了一把清一色，正高兴呢，忽然听见董胖子在旁边说：“× 他妈，报警倒没什么，告诉老婆这一手太毒了。”我抬起头来，看见他和刘三正死死地盯着我。

嫖娼风波平静之后，董胖子又开始故态复萌，寻找一切可能的机会咬我。上周五下班前，会计偷偷递给我一份报告，说董胖子让他搞的，现在已经传真到了总公司财务中心。我看着那薄薄的几张纸，头上汗水直流，挨球的董胖子专挑痛处下刀，报告的题目就是《关于员工陈重欠款问题的处理方案》，其中提到“提请司法机关介入”，我在心里 × 了几遍他的全家老小，感觉天昏地暗，五脏六腑全像有烈火在烧。

老板很风骚地穿一件花格子短领衬衫，像蒋光头一样穿双拖鞋踱四方步，房间里一股子浓郁的脂粉味。假日酒店又是著名的鸡窝，我有理由怀疑他触犯了《中华人民共和国治安管理办法》的某些条款。老板问了我三个问题：市场形势、公司管理中的问题、董胖子的人品，我精心准备的资料全派上了用场，滔滔不绝地发表了一个多小时的演讲，老板一边听一边点他头发稀疏的头。面试结束前他问我：“愿不愿意到总部工作？”我突然想起赵悦，心里一酸，心想如果我走了，恐怕这辈子再也没有机会了。

7 月 15 号是我们离婚一个月纪念日，我一下班就跑回去，用私自保留的钥匙开了门，轻手轻脚地走进去。赵悦还没回家，屋子里飘荡着我熟悉的气味，每一块瓷砖都闪闪发亮，照着我憔悴的脸。阳台上晾着她的内衣，我放在鼻子前闻了一下，有点淡淡的清香。冰箱里有一条吃了一半的鱼，我用手指拈起一块尝了尝，还是有点淡，以前吃赵悦做的菜，我总要额外加个酱醋碟，顺便给她讲白毛女的故事，说吃盐太少阴毛会变成白色的，常常因为这个被她殴打。

我坐在沙发上，翻了一下相册，发现所有跟我有关的照片都被抽走了，只剩下赵悦一个人在不同的场景里温柔地笑，像个无邪的精灵。我的手抖了抖，抱住曾经睡过的枕头，无声地流了两滴眼泪。

七点半，赵悦还没回来，我给她打电话，提醒她今天是离婚纪念日：“我请你吃饭，庆祝一下。”她说她正在吃：“要不你也过来？介绍个朋友给你认识。”我试探着问：“是……你男朋友？”她笑笑，没说是也没说不是。我的醋火腾地烧了起来，说：“你们在哪里，我马上过来。”

武斗事件是因为付钱引起的。他骂了我一句，我打了他两拳，踢了他一脚，然后挨了赵悦一耳光。

那是倪家桥一家新开的重庆土灶火锅，人声鼎沸，热气熏天，旁边一桌有两个家伙还光着膀子，露出猪屁股一样的肥肉。赵悦说这是杨涛，又指指我，说他是陈重，一副跟谁都不远不近的样子。我斜看了那厮一眼，这么热的天他居然还打着领带。我皱着眉头问赵悦："怎么选这种破地方？热都热死了。"那厮立刻梗起了脖子。赵悦给我倒了杯酒，说："老实吃你的吧，这地方是我选的。"我闷闷不乐地端起酒杯。

我仰仰下巴，问杨涛："有名片吗？发一张。"心想他如果是那个电话的主人，我非掐死他不可。这厮跟我牛×，说他从来不用名片："想记住你名字的，不用名片也记得住；不想记住你的，给了名片也记不住。"我对赵悦说："这毛肚里怎么这么多花椒？"然后呸的一声吐在地上。杨涛立刻冷下了脸。

他抽红塔山，我抽中华；他穿都朋衬衫，我穿梦特娇；他用摩托罗拉 7689，我的是 V8088+；他身边放着一个黑乎乎的帆布包，我的可是正宗的登喜路，打完折都要三千多；从我的角度看过去，他的头顶恰好与我的视平线相齐，估计要比我矮三厘米左右。做完了战术分析，我的气更壮了，做深情状，肉麻地望着赵悦，问她最近过得怎么样。赵悦说还是那么过呗，还能怎么样。我吹牛，说自己马上就能当上总经理。"到时候你不用骑自行车了，我天天开着雅阁接送你上下班。"赵悦很高兴，说："我就知道你会有出息，来，干杯干杯！"说着就过来跟我碰杯，我瞥了一眼杨涛，他正死死地盯着锅里的鹅肠，拿筷子的手神经质地哆嗦着。

赵悦说杨涛是一个什么鸡巴公司的总经理，乃是一个小老板。我说老板见过几个，小老板没什么印象。她有点不高兴，白了我一眼："你怎么说话的？！"我赶紧赔礼，说："老婆老婆原谅我，我今后天天都洗锅。"这是一次吵架后，我哄她时唱的，用《蜗牛与黄鹂鸟》的调子。赵悦"扑哧"笑了一下，然后板起脸来正告我："注意你的用词啊，谁是你老婆？！"我嬉皮赖脸地笑着，得意地横了杨涛一眼，心想：跟我斗，你小子还差点火候。

吃得差不多了，我叫服务员算账，杨涛从帆布包里掏出一沓百元大钞，说："今天我来给，谁都别跟我争。"我揶揄了一句："不用拿那么多钱出来吓人，不就百八十块嘛，是个人就给得起。"赵悦刚想插话，那厮也开火了："不管怎么说，我还有个公司顶着，在经济上比你们要扎实一些。"我说："我倒没怎么见过钱，不过每月过手的货款也有一两千万。"讽刺完了觉得不过瘾，又补充了一句："只有瓜娃子才拿钱唬人。"然后一把扭住他的手腕，从钱包里掏出两百块给了服务员，可能是我用力大了些，把他弄疼了，杨涛一边挣扎一边骂："你妈了个皮。"我大怒，一脚把他踢翻，揪住领带，挥拳痛击他的鼻梁，高声喝问："还敢不敢骂老子？"火锅店里的人一哄而起，都挤过来参观。杨涛躺在地上，脸上啤酒与眼泪同流，鼻血共红油一色，嘴里还在含混不清地问候我妈。我觉得不解气，对准他的左脸又是一拳，说："我让你骂！"

赵悦缺乏应变能力，一遇到暴力事件她就发呆，不喊叫、不逃跑也不制止，大学时在小树林里遭遇小痞子是这样，我扑打杨涛时也是这样，她坐在人墙的边缘，干张着嘴说不出话来。我咕咚一声扔下杨涛，走过去拿起我的登喜路，满怀胜利的喜悦对她说："走吧，我们回家。"赵悦这才醒过神来，一巴掌打开我的手，过去扶起杨涛，拿餐巾纸给他擦脸，一边擦一边淌眼泪。我在旁边看着醋火攻心，恨不能把杨涛生撕了，大声抗议说："是他先骂我的！"赵悦突然回转身，啪地打了我一记响亮的耳光，我一下子蒙了，呆呆地看着她。赵悦站在人群中央，长发飘飘，美丽的双眼含满泪水，对我说："你滚，你给我滚！"

二十二

楞伽庵中学还是十多年前的老样子，一条坑坑洼洼的上坡路，一排破破烂烂的矮楼房。我又累又乏，慢慢地走上来，夜很黑，同学们都回家了，一盏昏暗的灯在楼顶闪烁。我心中如悲似喜，似乎刚丢了一件重要的东西，细细一想它好像还在身边。一个人推着自行车迎面而来，后座上搁着好大一片猪肉，我急忙跳到冬青树中间给他让路。突然有一股巨大的力量将我摔倒，拽住我的脚就往土里拉。我想叫喊，但一声也喊不出，想抗拒，但连一个小指头也动不了。身体越陷越深，只有眼睛还在地面上，我在心里哭着哀求："饶了我吧！我没有做坏事，我没有害过人！"那股力量立刻消失了，一声巨响过后，我看见眼前多了一堆黑色的粪便，还有一只半人高的黑色大狗，正饥饿地瞪着我的喉咙。

爸爸急促地敲我的房门，说："兔娃儿兔娃儿，你怎么了？"我猛然醒转，汗水涔涔而下，心里通通乱跳。定了定心神，强作镇定地告诉他："没事，就做了个梦，你去睡吧。"老汉在门外徘徊不去，拖鞋嗒啦嗒啦地响，说："你刚才哭得好大声，没什么事吧？"我心里一阵感动，开门让他进来，给他点上一支烟，爷俩相对无语。窗外天色微明，远远传来洒水车的铃声。爸爸抽完烟，拍拍我的肩膀，说：“睡吧，别胡思乱想了，明天还要上班。”

离婚一个多月来，我几乎天天加班，一方面是受到老板的鼓舞，另一方面也想借工作来分散一下注意力。跟几个大公司的联系卓有成效，签订了定点维修的协议，估计修理厂这月的业务可以增长百分之二十左右。油料销售情况也大有好转，前段时间的广告没有白打，现在已经逐渐恢复到去年同期水平。姐夫有个朋友在成渝高速公路工作，我跟他免费要了三十块广告牌，给了两千元红包，向公司报销了两万三，净赚了两万多，感觉荷包一下子充实了起来。业绩摆在那里，董胖子有屁也不敢乱放，只好在欠款问题上大做文章。周卫东有一次告诉我，说办公室的小王在打一份《报案材料》，让我当心点。我当晚就给刘总打了个电话，坦白承认错误，说我愿意接受公司的一切处分。他说我有这种态度就好，让我放下包袱，努力工作，还说帮我向财务管理中心打招呼。

过了几天，欠款问题的批文就下来了，要求四川公司“酌情处理”，提出了两个方案：一是分期偿还，二是每月扣发工资的百分之五十，直到还清为止。我一下子去了一大块心病，嘴都笑歪了，心想：死胖子，看你还有什么花招？七月底他要提刘三当销售部副经理，我坚决反对，暗地里鼓动油料部的几个骨干投诉刘三的无能，他人缘本来就差，那几个骨干又是我用酒和女人喂出来的，一呼即应，声势浩大，刘三这下更是臭得没人理，没我的签字，谁都不听他的。

我感觉自己正在慢慢变得阴毒起来，武斗事件后，我一想起那天的场景就怒不可遏，为了一个该死的杨涛，赵悦居然会跟我反目成仇，在大庭广众之下打我耳光。我当时差点气昏过去，心想这么多年我都没动过你一个手指头，你也真下得了手。这一耳光下去，彻底把我的心扇凉了，让我觉得人和人之间也就那么回事，什么他妈的恩爱夫妻，什么他妈的生死白头，说穿了不过是放狗屁。谁离了谁不能活？我冷笑着想。

7 月 26 号是赵悦生日，每年的这一天我都要买一大束玫瑰送给她，今年可以省一笔开销了。估计赵悦也少不了人送花，比如那个一脸贱相的杨涛，赵悦拿着花肯定也是一脸贱笑，要多浅薄就有多浅薄。

一想到这里我就觉得气闷，打电话给王大头，说："王处长有没有空，出来喝酒。"他鸣着警笛就过来了。这厮现在大权在握，整个分局的装备都归他管，据说正打算添置二十辆帕萨特，到处打听价格。我说："我倒是有路子，就看你有没有胆子了。"这厮一向重利，上次我给他搞的那个川 O 的车牌，他一转手就赚了两千多，见到我连个屁也没放。他说："这事比较难办，我刚上来，怎么也得清廉几年才敢伸手。"我骂他："你挨球！少跟老子打官腔，这事搞成了，你至少有一万块的赚头，你干不干？”他问价格怎么样，我打包票：“价格肯定不让你为难。”

车的事我还是很有把握，我姐在青羊汽车展场租了个摊位，天天像拉皮条一样骗人：“要车不？全成都最低价。”汽车行当里的所有道道她都门儿清，车价怎么赚钱、上牌怎么赚钱、保险怎么赚钱，前些年行道好的时候，一个月随便都有上万元的收入，这两年差多了，我姐经常哀叹卖汽车不如卖豆腐。王大头一听也来了兴趣，说：“那还犹豫什么，就这么定了，肯定不会让咱姐白帮忙。”我端起酒杯喝了一大口，说：“你这个腐败分子，我就知道你扛不住糖衣炮弹。”心想：当然不会白帮忙，你以为老子是雷锋啊？

我老觉得王大头和董胖子像亲兄弟，体形、表情、指手画脚的神态都一般无二，小气程度也差不多。李良说王大头家里一柜一柜的五粮液，从没见他拿出来喝过，他爹在府南河边开了个杂货店，净卖高档烟酒，我估计很大一部分都是前王所长的库存。他跟张兰兰谈恋爱的时候，李良总结出一句名言，让我时时大笑：西安的娃儿钱包紧，重庆的妹子裤带松。张兰兰是重庆人，据王大头供述，他们认识的第二天，张兰兰就把净重压在了王的身上。在我和李良的影响下，大头这几年有所好转，一般的事情找他，他都会帮忙，但就是不能提钱。我当经理这些年，帮他搞车牌、搞油票、联系修车，基本全是无偿赠送，龟儿子至少赚了两三万块钱，他毫不领情，上次在他家里打麻将，我输到立正稍息，跟他借几百块他还支支吾吾的。

酒吧里开始喧闹起来，一群姑娘妖妖艳艳地从我身边挤过，肉香扑鼻、眼神迷离，十有八九是坐台的，其中有一个背影很像赵悦。我心里像被谁扎了一下，皱着眉头想，她这时候也在吃烛光晚餐吧，不知道又在对谁笑。一想起这个我就恨不能踢谁一脚，抖着手点上一支娇子，在心里阴狠地哼了一声，想：去他妈的，从现在开始，老子谁都不认，除了妈和老汉，就跟人民币亲。

父母这些天为我的事操碎了心，还生怕我知道，一见我回家就装微笑天使，笑得比哭都难看，让我浑身难受。我偷偷地在西延线租了一套房，打算周末就搬过去，省得看见他们烦心。我另外还有个想法：这些天我一直憋着，脸上巨疗横生，也该找个女人释放一下荷尔蒙了——反正跟赵悦复合也没什么希望。

我生命中的第一个新娘，那个叫庞渝燕的姑娘，现在成了一头市井悍妇。上周二我到纱帽街为修理厂进一批配件，老远就看见一堆人围在一起，一个女人在里面恶毒地咒骂，详细描述对方母亲生殖器的各种形态，文采逼人，呛得我直咳嗽。

签完订单出来，看见一个又高又胖的女人还在掐着腰，骂不绝口，用虚拟语态介绍被骂者出生前后的背景资料，好像还有其母跟各种飞禽走兽交配的细节，我当时想这个女人不去导演A片真是浪费了。走到近处跟她打了个照面，我们都愣住了，十几年的光阴瞬间回流，我看见那个靠着电线杆嗑瓜子的姑娘，正对着我一脸坏笑；看见她一丝不挂地躺在郎四床上，手把手地教我人生的第一堂生理课；看见她被她父母追打，躲在院后的垃圾箱边号啕大哭……

我说："是……是你？"

庞渝燕脸红了一下，飞快地挤出人墙，一转眼就不见了。就像十二年前，她穿好衣服走出来，笑嘻嘻地对郎四说："兔娃儿还真是只童子鸡。"然后红着脸跑回家，留下哭笑不得的我。

那个下午，我站在成都明媚的阳光下心如乱麻，始终在问自己：究竟是谁见证了我的青春，是那个苗条活泼的小姑娘，还是这个满嘴污秽的胖女人？

王大头以为我又想起了赵悦，满脸不屑地斥责我："你怎么跟个婆娘似的？离了就离了呗，再找个比她更好的！"我说："滚你妈的蛋，喝酒喝酒。"王大头一口喝干杯中的啤酒，若有所思地问我："你最近没跟李良联系吧？"我撒谎，说昨天刚跟他见过面。王大头压低了声音，说："你知不知道李良……"

那群姑娘跳完舞，又叽叽喳喳地挤回来，王大头立刻闭嘴，瞪着一双大眼傻乎乎地看着她们，一个姑娘用胸脯挤了我一下，软玉温香，让我心神一荡。骚动过后，我没好气地训斥王大头："李良怎么了，你倒是说啊。"他喝了一口啤酒，含含糊糊地问我："你知不知道李良在吸毒？"

二十三

大四最后一学期，校园里洋溢着末日狂欢的气氛。情侣们面对渐渐逼近的聚散离合，或笑如春花，或泪如雨下，但都不肯放过这日落前的时光，像疯了一样在情人身上消耗最后一点精力，招待所外飘荡着婉转嘹亮的叫床声，小树林里丢满各种口径的避孕套。大家去向已定，未来宛在眼前，却又看不真切，欢乐的面容遮不住每个人焦灼的心情。

王大头整日泡在酒缸里；老大每到下午，就骑自行车狂奔到一个小镇上看黄色录像；陈超学会了泡妞，天天到工学院瞎混，穿着花马甲打台球，满嘴的污言秽语。那段时间我们都忽略了李良，他第三次失恋后，变得异常消沉，工作也不联系，每天蓬头垢面地只顾打麻将，把家里寄来的那点生活费输得精光，还欠了一屁股债。我劝过他几次都不听，他还骂骂咧咧地表达对生活的疑问："他妈的，你说活着有什么意思？"

有一天熄灯后，老大照例向我们传授黄色录像的中心思想，流着口水赞美叶子楣的第二性征，绘声绘色地描述洋妞海陆空三军协同作战的英勇形象，陈超听得憋不住了，跳起来大喊一声"我 ×"，端着脸盆就去冲冷水澡。不到两分钟，咚咚地跑了回来，站在门口叫我：“陈重，快出来，你看看李良！”

那时离毕业只有一个月。齐妍已死，我们眼睁睁看着那堆美丽的血肉渐渐远去，06宿舍的张军早变成了飞灰，月光冷冷地照着那张空荡荡的床。我走过长长阴暗的楼道，心里有种异样的敬畏。

李良斜靠水泥台坐着，一动不动，头耷拉在胸口，牙刷和香皂摔在地上，水龙头哗哗地大开着，我说：“李良，你怎么了？”他还是一动不动。陈超探了探他的鼻息，吓得脸色铁青，说：“娘啊，李良死了！”我凶狠地瞪他一眼，挟手挟脚地拖着李良往回走。其实我心里也在害怕，怀里的李良一点热气都没有，四肢僵硬，没有心跳也没有呼吸。好容易回到屋里，我累得气喘吁吁，老大甩着两条毛腿过来，帮我把李良扛到床上，我们面面相觑，心都在扑通扑通地跳。

那是他第一次发作，后来在校外小酒馆里又晕倒过一次，从那以后，我一直都有个预感：李良死的时候，身边一个人都不会有。

我好长时间没去李良家了。想想人也真是虚伪，那层纸不捅破，大家就是好朋友、亲兄弟，一旦说出真相，立刻咬得鲜血淋漓。恩爱夫妻也好，生死之交也好，谁能知道在山盟海誓背后，你怀中的那个人在想些什么？

王大头说他亲眼看见李良往胳膊上扎针，密密麻麻的针眼，能吓死人。我毛发倒竖，责怪王大头早不告诉我。他说李良不让说。“你也别管了，李良自己说的，他就剩下这么点乐趣了。”我说 ×，心里像有什么东西被突然打碎了，手脚一齐哆嗦。王大头也来了情绪，抓起酒杯狠狠地摔在地上，旁边几桌惊恐地望着我们，他拍出一百块，瞪着血红的眼睛骂他们：“× 你妈，看什么看?！”

李良毒瘾不发的时候没什么变化，听音乐、看书、在电脑上做期货分析。我说：“戒了吧，男人爱嫖爱赌都不算大毛病，一沾这个可就真的完了。”他敲了一下键盘，电脑换了个画面，问我：“你知道叶梅为什么会跟你上床？”我垂下头，说：“我不是人，你就别提这个了。”他转过脸来，说：“这事不全怪你，是我不行。”

我张大了嘴，半天说不出话来，他又转身去弄他的电脑，平静地说：“我为这个苦恼了十几年，但想通了也就那么回事。昨天跟陈超通电话，我就直接告诉他：我老二罢工了。”我心里像装了一只刺猬，毛糙糙得难受，涩着嗓子问他去医院看过没有。他说：“看也没有用，小时候被我爸踢过一脚，踢坏了。”说完他站起来走了几步，在我背后嘿嘿地笑：“你知不知道，陈重，我那天很想把你也废了。”

李良是我们宿舍最后一个报到的。1990 级的老乡特意关照，说这屋还有一个四川的，你们要多多照应。那天夜里十二点多，李良在外面轻轻敲门，用椒盐普通话说："同学，请开一下门，我也是这个宿舍的。"我憋着笑，打开门让他进来，1991年的李良穿一条灰布裤子，提着一个巨大的旅行包，脸上有点害羞的表情；1991年的王大头睡得呼噜震天，一只胖手搭在肚皮上；1991年的陈重只穿条裤衩，微笑着向李良伸出双手。

1991年9月15日，那天没有战争，没有名人死去，那天有一些孩子钻出子宫，面向世界大声啼哭，没有人知道他们的一生将会怎样，但传说中，他们都是天上的精灵。

要说服李良戒毒是一件无比困难的事。他什么道理都明白，直接跟你讨论终极问题："如果你只有一个月寿命，你会不会吸毒？"

我认真地想了想，说会。他笑了。

"在我的眼里，一个月和一百年没什么分别，人生不应该是一篇重复抄写的课文。我宁愿在高潮的一秒中戛然死去，也不愿意扛着锄头在烈日下辛苦一生。你明白了吗？"

我说："我糊涂了，我就知道吸毒有害健康，你没看过那些瘾君子的德行？一个个青面獠牙跟鬼似的。"

他把我拽到镜子前，说："你看看你自己。"

我瘦了。脸色苍白，头发蓬乱，两眼通红，眼屎磊落，鼻毛张扬，眼角不知道什么时候生出了皱纹，鼻翼两侧落满了苍蝇屎一样的斑点。李良说："你看看你自己像不像鬼？"

从他家离开的时候，李良对我说："你帮我转告叶梅，离婚可以，想要我的钱，连门儿都没有！"我说："你自己跟她说吧，我今后不再见她了。"他冷冷地看我一眼，说："挨你妈的球，她现在只听你的。"

二十四

刘三和周卫东打起来了。

我正在办公室里睡午觉，迷迷糊糊听到外面吵吵嚷嚷的，推门出去，看见一群人围在大厅里，刘三扎着丁字步，脸上青筋暴起；周卫东被一群人拉着，兀自手脚乱踢，口里唾沫横飞，声称要跟刘三的母亲发生一次又一次的肉体关系。董胖子在我前面撅着个大屁股，劝了半天，周卫东也不睬他，气得直打饱嗝。转身看见我，他来劲了，说："都是你部门的人，你来处理。"我刺他一句，说："刘三不是你的狗吗，我才不管呢，让他们打去。"周卫东一米七十八，又黑又壮，两个刘三绑在一起也打不过他。董胖子面皮铁青，说："好好好，这可是你说的。"然后脖子一梗，撅达撅达地走进办公室，估计是打小报告去了。

我不怕他，胖子现在有把柄在我手里。欠款的处理意见下来那天，我们正在开例会，会计把批文递给董胖子，这厮气得几乎中风，忘了"祸从口出"的大忌，嘟嘟囔囔地说总公司都是一帮白痴，然后又鼓动刘三："公司鼓励挪用公款，你也借他妈的几十万，滥嫖滥赌去。"我叫周卫东："把董总的指示记录下来。"这小子机灵得很，马上做伏案疾书状，董胖子意识到自己的失态，脸都白了。

这段时间刘三吃尽了苦头，上周我安排他去重庆跟老赖对账，处理一些历史遗留问题，刘三知道不是好事，推托着不想去，我说：“不去你就交辞职报告吧。”他恨恨地上了汽车。重庆的争议账款大概有四十多万，都是些陈年老账，从1999年就开始没完没了地扯皮，公司换了几批财务，账目乱得一塌糊涂，谁也说不清哪些是真的，哪些是假的。老赖又是个辣椒炒牛逼的脾气，话说得不对他心思，立马就阴着脸往外轰人。刘三大概也是心情不好，在他办公室里拍桌子，被老赖扇了一耳光，哭哭啼啼地向董胖子求救，说我陷害他。赖广昌来成都体验过深度和湿度，对我的招待颇为满意，还让我联系他在锦江宾馆玩过的那个姑娘，叫什么白小文，看意思回味无穷，很想包她。刘三刚上车，我就给老赖打电话，让他制造事端投诉刘三，他说：“没问题没问题，我早就看那个娃娃不顺眼了。”

欢场中很少有女孩子使用真名，我托朋友查了查，果然没有白小文这个人，连电话和地址都是假的。我把这事告诉他，这个四十多岁的老男人居然还很失落。我说：“大哥啊，本来就是一锤子买卖，别当成长期合同好不好？”他也笑，盛情邀请我去重庆，说重庆的妹子别具风采，叫床都带着麻辣味。我心里明白，这厮是想吃那几十万的货款，这段时间他一直要我去清账。奸商奸商，无利不起早，不贪图我们公司的钱，他哪来那么高的积极性？刘三回来后，我把老赖的投诉信拿给他，问他怎么办。他翻着白眼将我的军，说："有本事你去重庆把货款要回来，那样免职降薪我都没二话。"

重庆我去过无数回了，美女、火锅、歌乐山的辣子鸡都早有领教，这个城市和成都比，坦率但缺少温情，幽默而又经常烦躁。如果比喻成人——成都就像一个翩翩少年，手摇纸扇，仪态风流；重庆更像一条关西大汉，手持两把大铁锤，眼一横就要打人。去年八月份我住在小洞天酒店，闲来没事在大街上瞎逛，听见一男一女对话，男的问为什么走得那么急，女的张口就来："去撒尿！"我几乎栽倒，回头看看，还是个面目姣好、身材性感的大美女。晚上去夜总会，叫了一个五官像钟丽缇的姑娘，我搂着她摸索了几把，姑娘不高兴了，斥责我："想日你就脱裤子，想唱歌你就坐稳了唱，抠啥子嘛抠！"令我很是羞愧。

老赖开着他的公爵王到陈家坪接我，旁边坐了个中学生模样的小姑娘，我问是不是他女儿。他呸了一声，说："这是老子的新情人。"我一阵恶心，想着他腆着肚子趴在小姑娘身上的情景，差点把腰花都吐出来。这家伙有点暴力倾向，上次在兰花歌厅有个小姐嫌他口臭，他上去就是一个耳光，打完了还骂骂咧咧的，形象十分可鄙。

毕业这些年，我的一个明显变化就是不再冲动。我们大学时总结出几条"大丈夫有所必为"，其中之一就是男人对女人动手，那是一定要挺身而出的。老大的名言：女人是拿来用的，不是拿来横的。对女人动手更是十恶不赦的罪过。而现在，为了生意，为了那可能存在的一点回扣，我居然和这种人称兄道弟，帮他选女人，跟着他一起吼那个有洁癖的姑娘，恨不能自己也上去打一耳光，想想真是可耻。

晚餐定在万豪酒店，光一道鲍鱼就是四百多块。席间他喋喋不休地批评我们公司，说："你们管理不善却让客户吃苦头，惹毛了老子不跟你们做了。"我说："行啊，一年七八十万的纯利润，你要舍得丢下，我马上就另找别人。"他立刻傻了。这就是我强过刘三的地方：跟客户不能光讲好听的，关键时候也要敲打敲打，又叫哥哥又抄家伙那才是高手，否则他就以为你是软蛋。他捅了一下小情人，小姑娘满面堆笑地帮他圆场，走到我身边给我倒了一杯五粮液，手指尖尖，皮肤白嫩。我打量了一下她，最多十六岁，一脸稚气，还有点纯真的羞涩，忍不住在心里大叫可惜。

我的目的也不单纯。四十多万纠纷货款，有十二万是结结实实的，这个一定要拿回来，剩下的三十几万他不给也行，但至少要拿钱堵住我的嘴。这家伙比谁都奸，应该猜到我打什么主意，现在摆出的生猛姿态，都是唬我的，无非谈价钱时多一点主动而已。我的理想价位是五万，拿五万换三十几万，还是很便宜了这老小子，不义之财到手，不知道他又要祸害多少良家妇女。

吃完饭我们找了个茶馆，他借故把小情人支出去，得意地问我："怎么样，很嫩吧？"我说："小心判你个奸淫幼女罪，在号里放几十年哑炮。”他哈哈一笑，直奔主题，说：“那四十几万怎么办，你拿个主意。”我喝了一口香醇的毛峰，笑眯眯地把球踢回给他：“还是你先说，你一个月前就开始像发情一样催我，肯定早算计好了。”

这些年身经百战，跟供应商、经销商、广告商、保险商谈判过无数次，跟形形色色的人侃过价，历练出一身刀枪不入的本事。我的客户最怕我来给他上课，经常是说着说着猛然发现：咦，我怎么又被你绕进去了？其实诀窍只有两个：一是后发制人，先让对方发球；二是拼命藏住自己的底牌。最成功的一次是跟纱帽街的配件商谈进货，那是个三十多岁的女老板，合同签完后她几乎哭出来，说没见过我这么狠的人，搞得她又要空忙一年。那个女老板是纱帽街的街花，她老公比她大二十多岁，是成都市第一批百万富翁之一。我当时色眯眯地盯着她的胸脯，心里贼念横生，想要不是你对老公那么忠诚，我肯定不会让你空忙，一定让你充实。

老赖开口了，说我们公司管理混乱，重复记账，那四十多万根本就不存在，要求我们公司单方面调账，把四十多万一笔勾销。我笑得差点喷他一脸茶水，说：“赖哥你真把我当成瓜娃子了，要是真像你说的那样，我们还坐在这里谈啥子？”他说：“那你说怎么办？”我掏出厚厚的一沓文件，说：“我这里可都是真凭实据，四十三万七千块，一个子儿都不能少。”他有点不高兴，说：“你干脆去抄我的家算了。”我笑笑，知道该唱正戏了，说："我也没办法，你知道，我不过是一个打工的，钱一分都装不到我荷包里去，但职责攸关，你当大哥的，也得体谅体谅兄弟啊。"

都是明白人，话说到这儿就算到头了，我端起茶杯，偷眼观察他的反应。他沉吟了半天，问我要多少，我说："你至少要往公司汇十五万，剩下的二十八万，大哥你说了就是。"他说："你净跟我做假账，哪来的二十八万？最多就是六七万，咱俩一人一半吧。"我把话题岔开，开始给他上课，讲我和老孙去温江玩女人的事：老孙在我的鼓动下，也想尝一尝当皇帝的滋味，叫了一高一矮两个女人进房。事先说好小费一共给一千，由他根据工作质量自行分配。高个子的没经历过这种场面，放不开，先是不肯脱衣服，中场换人时又要求老孙重新穿球衣，老孙没办法，骂骂咧咧地换上新球衣，还没进场就趴在那里站不起来，更别提起脚射门了。鼓捣了半天，比赛也没法正常进行，搞得他十分愤怒。最后一千块全给了矮个子，高的那个不服气，跟老孙理论，老孙说："你不让我舒服，我凭什么让你赚钱?！"

最后一句话才是核心，他一开始还在那笑，听到后来琢磨过味来了，板着脸说："你娃摆的好龙门阵，不满意你直说嘛，讲什么故事。"我说："做生意和耍婆娘其实是一回事，总要你情我愿，大家都高兴才是。"他半是佩服半是怨恨地望我一眼，说："那就一口价，五万。你要再不满意，咱们公事公办，上法院解决吧。”

价钱谈完，剩下的问题就好说了，怎么交钱，怎么销毁证据，这些都早在我的计划之中，周详严密，他也没什么话说。

我心里美滋滋的，想最近捞得不少，广告牌两万，这次又是五万，够交个首期了。想起房子，心里有点难受，不知道在青年嘉苑的家里，赵悦现在正在想些什么、做些什么，会不会有人躺在我曾经躺过的地方，抚摸着我曾经无数次抚摸过的那个美丽的身体？

小情人在门外等得不耐烦，进来骚扰了几次，看见我们还在谈事情，又悄无声息地走了出去，眼睛总是有意无意地瞟着我，让我有点心动。老赖看在眼里，笑眯眯地告诉我：“今天晚上你带她走吧，我就不另外安排你了。”我惊讶得几乎跳起来，装成愤怒的样子斥责他，说：“你把我当什么人了，君子不夺人之美，这事杀头也不能干。”他点上一支特醇三五，奸笑着说：“你娃别装了，你一晚上都盯着她看，当我是瞎子啊，现在又来装正经。”接着介绍小情人的特长，说她歌喉婉转、七窍贯通，十八般武艺精熟，尤其擅长胡服骑射。我心一下子活了起来，看了一眼小情人，她正红着脸偷眼看我，眼睛弯弯，小嘴嘟着，像日本卡通剧中的小精灵，很是可爱。

外面下了点小雨，街上行人渐渐稀少。小情人撑开一把小花伞，我搂着她的肩膀慢慢走过长街。经过几家门前冷落车马稀的时装店，她忽然拉着我的手，哀求地望着我：“陈哥，你给我买条裙子好不好？肯定不超过一百元。”我有点心疼，说：“你进去挑吧，我在这里等着。”她高兴地跑了进去，不到十五分钟，先后试了四条长裙，一扭一扭地走出来征询我的意见，问我好不好看。我光摇头不说话，想起以前陪赵悦逛春熙路时的情景：我们拉着手，一间间地逛过去，哪里人多偏往哪里钻。逛累了我就要嘟嘟囔囔地发牢骚，她举着粉拳吓唬我：“打你啊！敢不听话！”

“好看吗？”小情人问。

眼泪一下子涌上眼眶，我扭过头去，用力地眨巴眼睛，想起另一张微笑的脸，赵悦以前也是这么问我：“好看吗好看吗？打多少分？”

给小情人买了两条裙子，花了二百六十块。回酒店后，她高兴地凑在我耳边说：“陈哥你真好，今天我什么都听你的。”我心里突然涌上一股莫名其妙的恨意，一把将她扔在床上，二话不说就开始撕扯她的衣服。她被我的粗鲁吓着了，一面慌乱地推拒，一面提醒我注意挂钩和拉锁：“你不要急嘛，我自己脱好不好？”我愣了一下，感觉力气消失殆尽，像根木头一样竖在那里，心里开始酸酸地疼，想起我和赵悦的初夜，她紧紧搂着我的脖子，问我：“你爱我吗你爱我吗？”

我说：“穿上衣服，回家去吧。”小情人愣住了，一脸为难的样子，说：“陈哥，是不是我惹你生气了？你原谅我嘛，我年纪小，什么都不懂。”我说：“不是你的问题，我想回成都了。”

二十五

二十辆帕萨特顺利地开到分局大院，根据王大头的要求，每辆车都喷了蓝漆，装上最好的警灯警笛，车窗雨刮前后灯，面子上的东西毫无破绽。王大头颇为满意，吆五喝六地指挥部下验车，还跟我唱高调："你的车要是有问题，老子就把你送到郫县去。"郫县有个成都最大的看守所。我唯唯诺诺，像见了皇军一样点头哈腰："哪里哪里，不敢不敢。"心里却想，看老子晚上怎么收拾你龟儿子。

晚上约好了在巴国布衣吃饭，地方是我选的，这里的老板是个文化名人，李良仰慕已久，正好给他个机会一亲芳泽，否则他一定不肯出来。瘾君子李良现在过上了规律的幸福生活，每天坐在屋里喝茶、看书、玩电脑，每隔几个小时升仙一次，神态平静，对一切都无动于衷。我和王大头不再劝他戒毒，那天在他家里讲到鼻子都歪了，他还是不肯去戒毒所，流着鼻涕到处翻找针管。半个小时后，他微笑着从卧室出来，告诉我们："此中有真义，你们不懂，你们滚。"

成都街头经常会遇见些鬼头鬼脑的所谓名人。毕业后不久，我和李良到马鞍北路的一个茶馆喝茶，他神秘地告诉我，我身后坐着的就是大名鼎鼎的流沙河，我脑袋一时卡壳，问他："流沙河是不是跟沙僧有亲戚关系的那个？"他差点把下巴笑脱，说我真是个"弯弯"。

李良自始至终都迷恋这些东西，经常跟我们牛 ×，说他跟哪位诗人喝过酒，又跟什么艺术家吃过饭。我本儒雅，还能礼节性地哦哦两声；王大头这粗人就极不耐烦，总要泼李良一头冷水："又是你掏的钱吧？说，花了多少？——七百？你先人哦，七百块给我们买酒喝不更好？"我在旁边笑得打跌，这时李良就要翻起白眼，说王大头是个夯货，是个吃货，脑子里全是大粪，简直有辱斯文。

李良又瘦了一些，脸色发白，不过精神还好。他戒了酒，也不大说话，一晚上都默默地听我和王大头谈生意。只有酒楼老板过来打招呼时，他脸上才出现一点血色，讨论了半天成都的文艺界现状，王大头听得直打呼噜。

饭还没吃完，李良就坐在那里哈欠连天，清鼻涕直流到嘴里，眼中黯淡无光。我问他："来事了？"他不答话，摇摇晃晃地拿起皮包，一歪一歪地走进卫生间。王大头看我一眼，叹口气低下头去，我的心一直沉到水底，狠狠地咬着筷子头，想李良算是真的完了。

1994 年我和李良一起坐火车回成都，正好碰上民工们回川，两个又黑又脏的壮汉坐在我们的位子上嗑瓜子，弄得到处都脏乎乎的。我上去要求他们让座，他们不但不听，还骂骂咧咧的。我一时火起，掏出王大头送我的蒙古菜刀就要砍他们，李良说我当时的表情就像潘金莲看见嫪毐，又色情又恐怖。那两个家伙看我一副二百五的样子，估计不太好欺负，悻悻而去。坐下后我向李良介绍牛 × 的心得："宁可被人打死，不能被人吓死。"他说："打死也好，吓死也好，都是死在别人手里，算不得真牛 ×，大丈夫应当自己主宰生死，与其被杀，不如自杀。"

看着李良摇摇欲坠的背影，我心里毛毛糙糙地难受，如果他现在死了，我该怎么评价他的一生？

王大头有意无意地提起白天验车的事，我恍然大悟，掏出一个信封递给他，那是一万四千块钱。大头狼顾一圈，迅疾无伦地用前蹄捏了一下，像做贼似的装进包里，一张胖脸顿时如鲜花绽放，拜佛一样地看着我。这单买卖做得很顺手，二十辆车，每辆差价一千七，除了给他的，我还剩下两万块。我假惺惺地要分给我姐一半，被她斥责了一顿，说："你把自己的事打理好，别让妈和老汉操心，就算对得起我了。"小外甥嘟嘟在旁边帮腔，说："舅舅最不乖了，老惹外婆生气。"我给了他一巴掌，感觉脸上热辣辣的。

我上星期跟我妈说要搬出去住，她愣了一下，一句话也没说，默默地帮我收拾东西。我有点过意不去，跟她解释说最近工作忙，天天加班，所以想离公司近一点。她叹了一口气，说："你也这么大了，什么事自己拿主意吧，平平安安的就好了。"走出楼门我抬头看了一眼，发现老太太正站在阳台上，眼泪汪汪地望着我，让我心酸不已。

我第一年高考落榜，老汉非常生气，瘸着一条腿骂我，说我光知道鬼混，是个没出息的货，还拿我跟王叔家的儿子比，说："你看看人家王东，跟你一个学校一样年纪，人家怎么就能考上北大？"我本来就郁闷，听见这话更是火冒三丈，跟他讨论遗传基因问题："你怎么不说人家王叔是副厅长呢？我没出息全是跟你学的！"他气得眼睛都红了，上来就是一个耳光，打得我脑袋嗡嗡作响。我妈赶紧拽住老汉妄图再度行凶的手，谴责他擅自动用武力。不说还好，这一说惹翻了我一肚子的委屈，哇的一声哭了出来，拉开门就往外跑，心想老子再也不回来了！

那年我十七岁，对生活茫然无知，不知道"家"对我意味着什么。十年之后，我知道了"家"的全部含义，还是要提着大包小包再次离开。

我租来的房子空空如也，没有电视，没有音响，只有一张大而无当的床。我总是熬到很晚才回来，望着天花板上淡淡的水渍，久久不能入睡。有时想想，"家"其实就是个睡觉的地方，文人骚客说什么避风港，什么舔伤口的小窝，都他妈的胡扯，估计说这话的人脑袋刚遭门夹过。陪你睡觉的人随时会变心，只有床默默地让你躺让你靠，忠诚到底。我的窗口正对马路，每天都会被轰轰的车声吵醒，外乡人怀着希望走进成都，而我这个成都人，却总是在他们的脚步声中做着噩梦。

从重庆回来的路上，我拨通了赵悦的手机，她冷冰冰地问我什么事。我说："我想你，回去看看你好不好？"她支支吾吾地拒绝，好像说话很不方便。我心里一动，酸溜溜地问她："杨涛是不是跟你在一起？"她没说话，沉默了大约半分钟，无声无息地挂了机。我再拨过去，听见提示音："您拨叫的用户已关机，请稍后再拨。"我心里空落落的，摇晃着走进卫生间，站在镜前憎恶地看着自己，那里面的陈重又老又丑，像一块破抹布。这时大巴车转了一个弯，我一个没站稳，哐地撞到墙上，眼泪再也忍不住，流了满脸。耳边响起赵悦骂我的话："垃圾！你就是垃圾！"

洗了把脸出来，我开始强装微笑，色眯眯地夸服务员："你长得真漂亮。"她轻蔑地笑笑，命令我马上回到座位上去："成都就要到了，回家跟你老婆说去吧。"我说："我老婆早死了。"一车的人都抬起头来看我。

我有点厌恶这个城市了。把李良送回家，我和王大头在河边坐了一会儿，说起往事都有点伤感。我说我可能过几个月就要走了，我们老板一直想调我去上海。大头憋屈着一张胖脸，光抽烟不说话。稀疏的灯光下，府南河在我们身边转了个弯，无言东流，这条被成都人视为母亲的河流，淹没了人间一切悲欢聚散，汇合了亿万个陈重赵悦们的欢笑和泪水，浩浩荡荡流进大海，就像什么都没发生过。

大头用力地踩灭烟头，说："走吧，太晚了，再不回去张兰兰又该吃安眠药了。"去年十月份，我带客户去黄龙溪玩，顺便叫上王大头，他那阵子正跟老婆闹别扭，没请假就擅自旷工，还狗胆包天地关了手机。我们在黄龙豪赌了三天，大头赢了一万七千多，获胜之后心情大好，晚上叫了个女人进房，炮声隆隆，声闻数里。内江的王宇甚是景仰，跟我说："你同学真生猛，楼都快被他日垮了。"王某回家后，可能是公粮认缴不足，张兰兰大起疑心，用尽各种酷刑"审问"他，据说还动用了电棍等警用器械。大头被逼无奈，奋起反击，把老婆铐在床头三个小时。获释后的王张氏悲愤交加，一口气吞了一百片安眠药，还留下遗嘱问候大头的十八代祖宗，说"做鬼也要扭到你"。为这事我几个月都不敢去他家。

我递给他一支中华，说："× 你先人，老子征求你意见，你放个屁好不好？"大头点上烟，说："你去不去上海都一样，不是环境的问题，你的狗脾气不改，走到哪里也不会开心。"停了一停，他深深地望我一眼，问我："你知道我为什么一直看赵悦不顺眼？"我说为什么。他嗫嚅了半天，忽然提高了声音，说："反正你们都离了，我全告诉你吧，我亲手抓到她跟一个男的开房。"我脑袋嗡的一下子，张大了嘴说不出话来。大头抛下烟头，背对着我走开，一边走一边说："她还说，只要我不告诉你，让她干什么都行。"

二十六

我像一只身不由己的木偶，在灯光明灭的舞台上时笑时哭。当每一种伪装的表情都深深刻上我破败的脸，我终于发现，观众席上早已空无一人，曲终了，大幕缓缓落下，留我一个人在暗夜里咿呀而舞。

我今年二十八岁，第一次觉得自己如此苍老。

我给赵悦打电话说我要去上海，她愣了一下，似乎不知道说什么好，过了半天才抽抽搭搭地问："那你什么时候还回来啊？"好像很伤感的样子。我心里一动，想起毕业时她搂着我的脖子号啕大哭，说："就算你不要我了，我也要去成都赖着你！"

那一刻我很想放弃自己的计划。但想起王大头的话，心立刻又像石头一般坚硬。我叹了口气，说："成都还有什么值得我留恋的，我走了就不再回来了。"说完还吸了两下鼻子。赵悦在电话那头呜呜地哭起来，我悄悄挂上电话，看见镜子里一张肮脏的脸在冷冷地笑。

王大头说那个男的叫杨涛，去年的十二月份，我那时正在南京培训。王大头说他们俩当时一丝不挂，连门都没有反锁。王大头说赵悦很冷静，杨涛倒是快吓瘫了。王大头说他当时很想把姓杨的毙了，赵悦赤身裸体地挡在前面，不让他动手。王大头说赵悦真他妈是个不要脸的贱货，她自始至终脸都没红一下。王大头说赵悦后来哭着找他，说她保证不会再犯，一定全心全意地对我好。王大头说："一提赵悦你就冒火，我怎么敢跟你说这个？"王大头一直低着头在那里说，我浑身剧烈地颤抖着，心里像有什么忽然炸开了，一脚蹬在他肚子上，他像片猪肉一样倒在地上。我双眼血红，指着他的鼻子大骂："×死你妈！我以后再把你当朋友我就不是人！"

那天晚上我决定报复。欺骗是一把未出鞘的刀，真相大白时，它就会伤人。我必须要让赵悦付出代价，任何伤害过我的人都必须付出代价，要不然……我泪流满面，想起李良的话："我活着还有什么意思？"

我账户上有六万多，重庆老赖答应的五万块迟迟没能到账。不过这些钱也足够买杨涛一条腿了。我高中有个同学叫梁大刚，当过几年兵，复员后一直给一个典当行老板当保镖，那个典当行主要经营贼赃，成都市失盗车辆有一半都是他们转手卖出去的。梁大刚去年自己搞了个公司，专门替人讨债，据说从去年到现在，他手上已经有了一条人命。上次在染房街碰到他，一起坐了坐，他还说要承包我们公司的所有债务，保证比去法院省事，说完有意无意地解开上衣，露出一把黑亮的枪。

我跟赵悦说半个月后动身，如果没料错，她该为房子的事着急了。离婚时说好了房子归她，但购房合同所有的字都是我签的，赵悦是个细心人，断然不会就这么让我离开。哭也好伤心也好，那都是装出来的，我在心里发誓：从今后，再也不相信她的眼泪。我估计她现在一定怕我反悔，在房子问题上搞什么手脚。

我们结婚时为财产公证的事还吵了一架。那天上午本来好好的，到金牛妇幼保健院做完体检出来，赵悦一脸羞红，说大夫捅鼓了她半天，尿都快出来了。我听了哈哈大笑，她有点不好意思，我安慰她说这是幸福的必经过程，人家也是怕我们生产中出现故障嘛。然后以身说法，说我就不介意在女医生面前展览泌尿系统。她捶我一拳，说我越来越流氓了。在婚姻培训的课堂上，我小声跟她商量："咱们也去做婚前财产公证好不好？"她立刻阴了脸，指责我居心不良，还没结婚就想着甩老婆。我说："你太老土了，这跟离不离婚有什么关系，新人应该有点新思想嘛。"赵悦一下子发作起来，不顾在场的几十双眼睛盯着，站起来拂袖跷靴而去，临走时扔下一句哭咧咧的话："我就是老土，怎么了?!谁愿意跟你公证你找谁去！"我大叫晦气，本来打算由她去的，后来想起蒋公的话：以大局为重，以大局为重。我强迫自己的脚追将出去，赔了半天不是，她还气鼓鼓的，害得我只好背书："三轮车前，垃圾堆里，成都烂人，把鸡巴看了，马腚拍遍，难解她，心中气。"赵悦破涕为笑，说："辛弃疾要是知道你瞎改他的词，肯定活活气死。"然后正告我："我坚决不跟你去财产公证，我嫁你就是要一生一世！"我一把搂住她的细腰，心里一跳一跳地疼。

文殊院的和尚对我说过："看透了，一切都是假的。"现在想想，笨的恰恰就是自己，谁让我不生慧根呢。

这次是赵悦先约的我，我下班后开车接了她，直奔西延线的丁香火锅。五个月前，赵悦约我，我没来；五个月后，一切都已经万劫不复。我心里有点伤感，问她："如果那天我没拒绝你，你说我们还会不会走到今天？"赵悦看我一眼，低下头，说："你现在才说这个，不觉得太晚了吗？"然后小嘴一瘪，又要掉眼泪。

饭桌上的说辞都是准备好的，不知在心里排演多少遍了。赵悦见不得别人伤感，看《泰坦尼克号》时，别人还没有什么反应呢，她就已经哭得快断气了。这也是我今晚的主攻方向：怎么煽情怎么来。我喝了一口啤酒，温柔地注视着她，心却在慢慢变冷、变硬，坚如铁石。

我说："我这次走了，不知道什么时候才能回来，连你和杨涛的婚礼都不能参加了。"赵悦跟我装相，说："我和杨涛还只是一般朋友，谁说我一定要嫁他了？"我在心里日了一下我的前丈母娘，脸上却装出高兴的样子："这么说我还有机会？"她说："你都要去上海了，哪还顾得上我？"

进入正题了。我酝酿了半天感情，悲伤地看着她，说："我一生都会等你，不管在哪里，不管你有没有结婚，我会一直等你，我会用我的一生来改正一个错误。"语调庄重肃穆，像追悼会发言人，赵悦的眼圈慢慢变红。

甜言蜜语是我的强项，也是我泡妞百战百胜的法宝。高中时追校花成娇，竞争对手中有许多比我高、比我帅、比我有钱的，但最后还是被我搞到了手。我第一次把成娇剥光时，技法还很生疏，她一边指导我操作，一边喟然长叹："老子就是被你两张不怕肉麻的嘴皮子骗了。"说起来赵悦比成娇更浅薄，恐怕她自己都不知道她对谁的感情更深一些，要打动她并不难，何况……我的心微微地疼了一下，我那么熟悉她。

餐厅很守时，七点半，准时放起张艾嘉的《爱的代价》："还记得年少时的梦吗？像朵永不凋零的花，陪我经过那风吹雨打，看世事无常，看沧桑变化……"这首歌是我们的保留节目，1994年元旦晚会，我一身黑色西装，赵悦白衣红裙，我们牵手对唱，脉脉含情，博得了满场彩声。赵悦一听是这首歌，嘴唇立刻哆嗦起来，我看着她的眼睛，轻轻地哼着："所有真心的痴心的话，永在我心中，虽然已没有他……"悄悄握住她的手，说："不知道什么时候才能跟你再合唱这首歌……"话没说完，赵悦的眼泪唰地流了下来，手中的筷子落出去好远。

我摇头叹气，说："我这一生最大的遗憾就是把你弄丢了。你把最好的几年都给了我，可是我却辜负了你，连衣服都没给你买过几件。"赵悦一下扑到我身边，抱着我的胳膊就开始哏喽哏喽地哭。旁边的人纷纷看过来，我把赵悦的头埋进怀里，对他们微笑挥手。

吃完饭，赵悦泪还没干，我有点心软了，问她："你说我们还能不能复合，像从前一样恩爱？”赵悦说：“我现在还是没法忘掉那天的场面，你太伤我的心了！”我在心里阴森森地笑了一声，想：贱货，我可是给过你机会了。

按照事先设计好的议程，我要向赵悦申请共度良宵：理由之一是我即将离开，这可能是我们在茫茫人世的最后一夜；理由之二是纪念我们定情七周年。1994 年 8 月 17 日，我们在小树林里第一次拥抱亲吻，互诉衷情，那天的月亮很好，照得她光洁如玉，我说：“我的赵悦可真漂亮啊。”她害羞地倒在我怀里，双手狠狠用力，几乎把我勒毙。每年的这一天，我们都会假模假式地庆祝一下，赵悦说它比结婚更重要。因为结婚只是个形式，而我们的爱情，不仅仅只是形式，更有那些刻骨的甜蜜，刻骨的相思。今天是 8 月 15 号，到后天就整整七年了，两千五百五十五个日日夜夜啊，他妈的，我都忍不住哭起来。赵悦开始还假装正经，不大情愿的样子，看见我的眼泪，还有车窗前的购房合同，挣扎了一下，再也没说什么。

金海湾酒店是我们公司的指定接待酒店，一切都已经安排得妥妥当当。进房后，我把她的头发解开，像往常一样轻轻抚摸。赵悦依偎在我怀里，似乎还有点不好意思。衣服脱光后，我亲了她一下，说：“几个月都没亲过你了，真想你啊。”赵悦眼里马上涌出泪花，不胜幽怨地望着我。这个表情唤醒了我许多的回忆：大三那年寒假，我送她上火车，她哭着向我挥手；毕业时她送我去车站，在万人面前搂着我的脖子号啕大哭，列车员都看不下去了；离婚那天我从家里离开，她给我扶正领带，让我多多保重……

我突然想放弃了，心里有个声音一直在反复地说：谁都会犯错，原谅她吧原谅她吧。我仰面向天，用力地眨巴眼睛，把眼泪生生憋回去，然后一本正经地问她："你能告诉我你跟杨涛的事吗？"她生气了，翻身而起，说："我回去了，我们真的是清清白白，什么事都没有——你以为每个人都像你啊？"我闭上眼，感觉心里像被灌了一桶冰水，透体生凉。过了半天，我长出一口气，说："是我不对，我不该在这种时候说这个。"然后一把将她拖了过来。

"还记得年少时的梦吗，像朵永远不凋零的花，陪我经过那风吹雨打，看世事无常，看沧桑变化。那些为爱所付出的代价，是永远都难忘的啊，所有真心的痴心的话，永在我心中，虽然已没有他。走吧，走吧，人总要学着自己长大；走吧，走吧，人生难免经历苦痛挣扎……"

外面传来敲门声，赵悦警觉地推我一把，说外面有人。我拍拍她的脸，说："没事，怕什么，有我呢。"她不放心，说："你还是去看看吧，我们现在又不是夫妻了。"我笑着说："好吧好吧，我一切都听你的。"赵悦妩媚地笑笑，我对她飞了个媚眼，提着裤子走过去，把门打开，看见杨涛穿一件红色T恤衫，气喘吁吁地站在门口，我笑着拍了拍他的肩膀，一边系皮带一边说："进去吧，你女朋友正光着屁股等你呢。"

二十七

每到秋天，我的手掌就会蜕一层皮。西医说是缺乏维生素；中医说因为我血热；赵悦说，你前生一定是条蛇。

在远离人世的山窟里，我曾冷冷地看过这一切吗？爱和恨，悲伤和甜蜜，我用百世光阴修来的今生的因缘造化，会不会像我手掌的死皮一样纷纷遗落在这个阴冷的秋天？

2001 年成都的秋天跟往常没有任何分别，黄叶满地，风沙眯眼，每个夜晚都会有人死去，守灵的人围着尸体打麻将，脸上喜笑颜开；婴儿在产房里出生，脐带剪断，从此注定了他们的一生。李良说："你信吗，其实生命只不过是上帝跟我们开的一个玩笑。"

走出金海湾的大门，我一直在笑。前台小姐跟我打招呼，我优雅地鞠了半躬，对她说"谢谢"，谢谢她帮我打的那个电话。赵悦这次总该脸红了吧，不知道杨涛会不会继续在她身上抚摸我的指纹。锅灶都是热的，赵悦应该不介意多炒一个菜，我亲爱的同靴杨涛，相信他也不会嫌弃剩饭。只可惜我预交的那三百多块钱房费了，我想，明天一定要记着来拿发票。

两清了，我们互不相欠。我对着天空甩了甩手。那个叫赵悦的女人，今夜将在我的账本上一笔勾销，永远地一笔勾销，永远不再记起。我们用整整七年的时间证明了一个真理：爱情不过是性冲动的副产品。或者说，这世上本来就没有所谓的爱情，欺骗和背叛都是题中应有之义。

一辆的士嘎的一声在我旁边停下，司机探头出来怒骂："找死啊！瓜娃子会不会开车?！"我满面堆笑，连声说对不起，他怒气不止，嘟嘟囔囔地骂着走远了。我笑得几乎把方向盘撅下来，心想：瞧，这就是饶恕的后果。如果我下去劈头盖脸给他两拳，龟儿子一定连个屁都不敢放。

喝多了，膀胱憋胀。我在二环路边停了车，拉开裤门就开始给草地施肥。昏暗的路灯下，这片草看上去萎靡不堪，在尿浪的冲击下倒倒伏伏，像渐渐老去、一身衰败的我。我曾有过那样的青绿年华吗？有了我灌溉的氮磷钾，它们明年应该长得更茂盛吧，而我生命的养分又在哪里？

一辆外地的中巴呼啸而过，几张脸贴在窗上，面无表情地望着我滔滔放水。正在畅快处，背后响起一个女人的声音："你娃很不像话哦，站在马路上撒尿。"我满面羞愧，急急忙忙收起作案工具，回头看见一条人影慢慢走近。

我相信，这世上根本就没有什么正人君子。在合适的时间、合适的地点，遇见合适的人，谁都会放纵自己，面对安全的诱惑，我不相信会有人比阳痿和石女更坚强。赵悦以前反对过这个观点，我一句话就把她逼到墙角：“如果你和古天乐单独在一个房间里，他来勾引你，你会不会接受？”古天乐是她的偶像。赵悦想了半天，避而不答，只说那种情况绝对绝对绝对不会出现。我笑笑，没再说什么，心想，这大概就是所谓的坚贞爱情。

说话的人是个二十六七岁的姑娘，脸涂得像个烧饼，短裤小衫，肚脐眼耀眼夺目，一看就是流动作案的家禽。我白她一眼，转身要上车，被她一把拉住：“帅哥，照顾一下生意嘛，一百元就行。”我刚想让她滚，忽然想起了什么，问她：“用嘴吗？”她鄙夷地看了看我刚施下的肥，吐了一口唾沫，说用嘴就要五百。我哼了一声，砰的一声关上门，发动车子就要走。那姑娘急了，扑到窗边连续地报价：“四百！三百……”

周卫东总是嘲笑我不懂享受，说女人两张嘴，下面的要吃，上面的也不能闲着，还要进行常识普及，解释什么叫“莱温斯基进行式”。有一次喝茶，他还说他想在肖家河开一家发廊，名字就叫“白宫之吻”。回家跟赵悦说起这事，她喃喃地骂个不休，说周卫东真是个畜生，太侮辱人了。我为了表明革命立场，立刻与周卫东划清了界限，说就是就是，恩爱夫妻还没什么，不认不识的，真是太拿人不当人了。赵悦白我一眼，说：“我知道你打的是什么鬼主意，你休想！”我当时感觉自己就像一只被夹板夹住的耗子。

外面不时有车辆开过，灯光越去越远，在夜幕中消于无形，夜市散了，小贩们推着锅碗瓢盆，哭丧着脸地回到亲人面前。每个夜行人都会怀想一盏灯火，而这个时候，还有谁在等我、想念我吗？

那姑娘还在练吐纳功夫，长发飘散在我的腰间。当坚硬的渐渐消融，世界戛然一声断裂，记忆中的那些细节又像河水一样翻滚奔腾：

1996 年秋天，在峨眉金顶，我把外衣全裹在赵悦身上，她还是不停地发抖，牙齿碰撞得像马在石板上跳舞，对我说："二十年之后，我们再来一次……谁都不许反悔！"我说："到那时你都成黄脸婆了，不干，我要带年轻漂亮的小蜜来。"赵悦大怒，踢扫堂腿，捶窝心拳，追杀十余里，几乎把我打成植物人。最后我一把将她搂在怀里，赵悦挣了一下没挣开，一下子安静起来。我轻轻地亲了她一下，转头看见白茫茫的云海中，一轮红日冉冉升起，第一束阳光破天而来，照得我们满身金光。

1998 年，从东北回来，赵悦和她妈在火车站抱头痛哭。丈母娘拉着我的手，哀求一般地说："陈重，赵悦从小到大没过过几天好日子，你可一定要疼她啊！"赵悦哭得站不直腰，我搂着她的肩膀郑重承诺："放心吧，我一定会好好对她的。"火车过了山海关，赵悦问我："你说的是不是真的？"我一边吃火腿肠一边含含糊糊地回答："我要骗你，你就是小狗。"她没听出我话里的玄机，笑得跟花儿一样。

……

那姑娘走后，我开始怀疑自己的记忆——那一切，究竟是真的还是假的？在这个坟墓一般的城市里，谁可以为我的青春做证？李良说："你可以为很多人活着，但只能为一个人死。"而在这个萧瑟的秋夜，我活着是为了谁？我又可以为谁而死？

赵悦的前男朋友叫任丽华，一个分不清公母的名字。小树林事件之后，赵悦一直都避讳谈他，任我施出千般花招万般诡计，她始终牙关紧锁，打死不肯透露他们交往的细节。我说："看都看见了，你还有什么不好意思的。"说起来我也不清楚自己想知道些什么，但她越是不说，我就越是觉得有问题。有一次因为这事，我们吵得很厉害，我一时没压住火气，破口大骂："贱货！你就是看任丽华鸡巴不行才找上我！"她急怒欲狂，像疯了一样冲进厨房，抓起菜刀上下挥舞，声称要劈了我。被我缴了械之后仍然乱踢乱咬，泪流满面地发表预言："陈重，你亏了良心，你不得好死！不得好死！"

有些事我永远都没机会知道了。学校里传说赵悦曾因为那天晚上的事自杀过，我旁敲侧击地问过几次，她矢口否认，再问下去就要翻脸。去年圣诞前夜，我们温存过后，她把脸贴在我的胸脯上，有意无意地说："我这辈子再不会为别人自杀了，要死就死在你面前……"话没说完，圣诞钟声远远敲响，楼下的酒吧里传出了雷鸣般的欢呼声。

我的心剧烈地抖了一下，心中生出一股莫名的恐惧，想赵悦该不会自杀吧。这时一辆汽车开过去，身边的路灯闪了两下，无声无息地灭掉了，一句话雷鸣般轰响着涌上心头：人死如灯灭。我一下惊呆了，脑袋里嗡嗡乱响，似乎已经看见了赵悦那张血肉模糊的脸。我忙不迭地提上裤子，扑到前座上发动起车子，用力地扳过方向盘，紧踩着油门往回掉头，车门擦过路边的绿化树，发出惊心动魄的声响。

金海湾酒店308房间。那扇门依然虚掩着，我抓住门把手，感觉心跳得厉害，静了大概有两秒钟，我轻轻地推开门走了进去。

308空无一人，像坟墓一样寂静无声，电视消了音，形形色色的人从屏幕上翩翩走过，脸上或忧或喜，不知在说些什么。所有的灯都开着，床单胡乱地堆在床头，我用过的那张擦鞋纸，斜斜地挂在垃圾筐沿上，随着微风轻轻晃动，擦过鞋的那面污秽肮脏，没擦过的那面光洁纯净，像初生婴儿无邪的脸。

二十八

老板面试之后，再也没有了下文。董胖子还在安安稳稳地做他的总经理，肚子前挺屁股后撅，说话的调门一天比一天高，喷出的唾沫能淹死活人，反动气焰十分嚣张。周卫东总结了三句他最爱说的话，分别是：一、那你就错了！二、我的字不是随便签的。三、你可以不同意，但不能不服从。说完后，他学着董胖子的样子腆肚而行，问我："陈重，你——敢不服吗？"我拍着桌子大笑，说牛×牛×，太与时俱进了。

这两个月不太好过，董某无视总公司的批示，让会计每月扣我五千，又遇上销售淡季，每月发到手的还不到三千块，要不是还有点老本撑着，我早就宣告破产了。上周末在滨江饭店看见杰尼亚西装打折，最便宜的一套只要四千六，我犹豫了半天，还是决定放弃。快三十岁了，结局不远，应该为自己的将来打算打算了，我想。

我大学时写文章，喜欢用"一生"这个词，一生的真爱，一生的理想，一生又如何如何。那时我相信有很多东西是不会变的，到现在才明白，除了你吃进肚里的饭，一切都是不确定的。而那些你确信拥有的，最终也会变成大粪，臭气烘烘地扬落在无奈的残生中。

我给人力资源中心的刘总打过一次电话，遮遮掩掩地问他，四川公司有没有什么新的安排。他一改前日的热情，冷冰冰地说先把手头的工作做好吧，不要想得太多。我心里凉了半截，不明白是哪里出了问题，但想来一定是董胖子又给我下了猛药。这厮八月底自费去了一趟总部，回来后变得异常生猛，销售部大事小事他都要插上一腿，还强硬地否决了我罢免刘三的提案，我指责刘三能力低下，说重庆老赖对他意见很大。董胖子骚烘烘地叼着烟斗，像挨了枪的野猪一样挥舞前蹄，说："用人问题我说了算，你可以不同意，但不能不服从。"我当时很想跳上去打出他的狗屎来，周卫东使了个眼色，生生把我拖开。

重庆老赖欠我的五万块至今还没兑现，我打电话斥责他不讲信用，他跟我打哈哈，说："你们任务压得那么紧，我所有的家当都投进去了，你再等等吧，等这批货出手，我亲自给你送过来。"我差一点骂出声，心想：你他妈上千万的身家，区区的五万都拿不出来，真把老子当弯弯了？这事有点不妙，这家伙是出了名的黑心，不定在打什么鬼主意呢。但好在我当时多了个心眼，所有发货回款的证据都捏在手里，就算他赖掉我的那部分，欠公司的他也逃不掉。

公司的事让我心灰意冷。听刘总说话的语气，升官是没指望了，每月五千地扣下去，要扣到2007年，我屁股上的债恐怕也还不清。跟周卫东聊起这事，他一个劲地鼓动我跳槽，说："你的债务最多算民事纠纷，不用负刑事责任。"这小子一直鼓吹他是中国政法大学的高才生，但毕业证破破烂烂的，十分可疑。我估计他也没安什么好心，肯定想我走了好给他腾地方。上周他拿了几张报销单进来，我一看就知道有问题，多问了两句，他立刻阴下脸，质问我："你不也是这么报的吗？"我二话没说就签了字，心想：人啊，谁跟谁是真的呢？

无论如何我都要坚持到今年年底，年终双薪加上预扣的提成奖金，大概有两万多，不算小数目了。另外十月份搞冬季订货会，销售政策由我来制订，又可以趁机捞点钱，现在走了就太可惜了。今年事事不顺，希望挨过这几个月，到明年会好一些。我妈找人给我算了一卦，说二十九岁是我大红大紫的年头，从政则连升N级，经商则财如潮水，就算什么都不做，走路也会踢到钱包。我听后关起门来偷偷笑了一场，笑得泪光闪闪。人生嘛，要是连希望都没有了，还活个什么劲？

老太太还在为我那套房子揪心，坚决要求我去讨个公道。我五体投地，拱手作揖，说："娘啊娘，你饶了我行不行？你就当是你儿得病花的钱不行吗？"她瞪我一眼没说话，气鼓鼓地跟萝卜白菜们发威去了。我想多亏我没告诉她赵悦有外遇，否则老太太肯定要去找她拼命。我妈这些年坚持练功，走梅花桩、耍螳螂拳，精通各派绝学，一套太极剑舞得虎虎生风，相信赵悦在她面前走不了几个回合。

我那天绕着金海湾四处乱转，把油烧光了也没找到赵悦和杨涛的尸体。回金海湾问了一下，前台小姐说看见一男一女走了出去，表情没注意，女的低着头，男的好像手脚不太老实，又搂又抱的，大是有伤风化。我听得心里像长了草，闷闷不乐地掐灭烟头，回到车上对准自己的脑门乓的一拳，金光闪耀时我想：我他妈的究竟是赢了，还是输了？

他们结婚时给王大头和李良都发了帖子。

王大头向我表忠心，说："打死我也不会去，有那闲钱还不如拿来擦屁股。"李良认为王大头的做法一是小气，二来可能会导致屁股中毒，征询我了的意见后，他以陈重观察员的身份前往道贺，还送了个六百元的红包。

据说婚礼很隆重，贺客满堂，还请了成都电视台的节目主持人。据说赵悦的婚纱很漂亮，憨态可掬，笑得像花儿一样。据说她替杨涛挡了不少酒，有人开玩笑，说："你是不是怕他喝醉了不能洞房？"赵悦把头靠在杨涛肩膀上，笑眯眯地说："那当然。"李良说："我看不下去了，走的时候没有人理我。说实话，我们都看走眼了，赵悦比你坚强。"

那天我在内江。李良出来后打了个电话，跟我现场报道婚礼实况，我一边听一边笑呵呵地喝酒吃菜，王宇在旁边唠唠叨叨地批评我们公司制度太死板、效率低下，我凶狠地瞪了他一眼，王宇像摸到电门一样，立马闭了嘴。我转过脸去，对李良温柔地说："你没替我说一声，祝她新婚快乐啊？"李良没说话，过了半天，说："事已如此，你也别想太多了。"我呵呵笑了一声，说："挨你妈的球，你帮我带句话会死啊，真是不够意思……"话没说完，手就开始不停地颤抖，酒杯当的一声掉在地上摔得粉碎，几滴酒珠飞溅着落上我的皮鞋，在灯光下晶晶闪亮，像无意滴落的眼泪。

两瓶剑南春喝光，我渐渐高兴起来，天花板忽远忽近，世界斑斓可爱，王宇的脸若隐若现，嘴唇张合，不知在说些什么。我忽然哈哈大笑，拍得桌子砰砰作响，所有人都扭过头来冷冷地望着我。王宇说："笑你妈个球，什么事那么高兴？"我笑得眼泪直流，说："我老婆今天结婚，咱们为她……再干一杯！"他说："你娃真是喝多了，满嘴驴屁。"刚端起杯子，我就一屁股出溜到地上，头重重地磕上桌沿，眼前群星闪耀。他急忙过来扶我，问我："你没事吧？"我呜呜地哭起来，一边踢他一边控诉："给老子滚……日你妈……谁都不是好人……"

内江鸿发酒楼。一个西装革履的年轻人坐在地上号啕大哭，街上行人纷纷驻足，指指点点地大笑。在街的另一侧，华灯如水，一对新人珠玉满头，仪态万方地登上彩车，在一片欢呼声中缓缓驶向他们幸福温暖的家。

"你为什么要和赵悦结婚？"姐夫问我。

“我爱她。”

“你说什么？听不见，大声点！”

我一把抢过话筒，大声喊：“我爱她！”台下的宾客大笑，口哨声、鼓掌声响成一片，赵悦一把抓住我的手，紧紧地握着，脸上红如彩霞，眼里泪光闪闪。

那是1998年6月18日。我的婚礼。我的多么遥远的婚礼啊。

从内江回来的第三天，王大头神神秘秘地给我打电话，让我马上去他们局一趟。我正睡得香甜，一看表才凌晨三点钟，心下狂怒，骂了一声锤子，刚想挂机，被他一声喊住：“快来！是李良，出事了！”

我以前问过李良，他的货是从哪里搞来的。他支支吾吾地不肯说，继续问下去，他就要翻白眼：“你问这个干什么？想去告密啊？”我饮恨而去，愤怒声讨李某某的丧心病狂和不识抬举。其实他不说我也猜得到，成都的白粉一般集中在两个地方交易：东面的万年场、北面的驷马桥。吸毒的有个名称叫“粉哥”，大多数成都粉哥都到驷马桥去拿货，前些日子警察破获了一起几百克的贩毒案，姐夫发完新闻后，特意让我叮嘱李良当心点。“实在不行就戒了吧，太危险。”李良听后冷冷地笑了一声，不屑地看着我，好像我在骗他。

我赶到的时候他正哆哆嗦嗦地蹲在墙角，脚上没穿鞋，两只手紧紧铐在背后。脸上青一块红一块的，嘴角还带着血，身上的衬衫撕得粉碎，露出苍白干瘦的胸膛。一看见我，他飞快地扭过脸去，肩膀一耸一耸的，又伤心又难为情。我有点心疼，解下外衣给他披上，搂着他的肩膀说："李良，不用怕，我和大头都在这里，一定保你没事。"

大头说李良纯属倒霉，刚拿到手就被警察扑倒在地，他可能是昏头了，挣扎的时候死死地抓住人家老二不放，那个警察脸都绿了，现在还躺在隔壁叫唤。王大头说："要不是我及时赶到，李良今晚不知道要挨多少打。"我问他该怎么办，他搓了搓手指头，说："还能怎么办，花钱呗！今晚一定要把人弄出去，一过了夜就麻烦了。"我问要多少，他叹了一口气，伸出一只肥厚多毛的手掌。我倒吸了一口气，说："要那么多？"他神色严峻，说："五十万还不一定够，你知道李良手里的货有多少？——一百多克！至少判十年！"我几乎栽倒，说："这么晚了，到哪儿搞这么多钱去？"他探头出去看了看，关上门，低声说："钱可以缓两天再给，我已经跟经办人员说好了，李良写个条子就行。"

王大头那天穿得十分标致，帽徽宛然，肩章闪亮，裤线笔直如刀，和平常水裆尿裤的形象大是不同。我有点怀疑，叼上一支娇子，一面吹烟一面斜着眼打量他，大头被我看得很不自在，一把撸下帽子扔在桌上，鼓着腮帮子发誓："我他妈要是吃李良一分钱，我就是狗娘养的！"

这话我不信。大二下学期，老大和王大头为了三十元赌债大打出手，王大头举着拖把，老大挥舞着凳子，两个都是重量级的选手，翻翻滚滚地厮杀了一分钟，整间宿舍都差点塌了，我的脸盆、饭盒、镜子、书架全在那一役中损失殆尽。武斗过后继之以文斗，两位选手隔着桌子怒骂不休，王大头说欠债不还就是驴日的，老大急怒欲狂，凌空飞腿数次，声称要立取王大头性命，我和陈超死死抱住，估计胳膊都拉长了几厘米。老大挣了半天挣不脱，恨恨骂道："× 你妈！一分钱你都看得比你爹还大！"

把李良背上三楼，累得我直喘粗气，一进门就瘫在沙发上起不来了。在公安局没看清楚，回来后才发现李良伤得不轻，腿上全是血，手腕肿起多高，还不住声地咳嗽。我翻箱倒柜地找出点红花油，一面帮他擦一面讲我心中的疑点："一、经办人员我一个都没见到，钱的事全是他一个人说的。二、他平时从来不穿警服，为什么今天晚上穿得那么整齐？三、他完全可以自己跟你说，为什么还要把我叫上？他要我见证什么？"李良紧皱眉头，大口大口地吸气，好像疼得厉害。我正说得来劲，他突然一把将我推开，面朝大门，说："进来啊大头，你站在那里干什么？"

二十九

那天在府南河边见识了我的腿法，大头颇为倾倒，三番五次给我打电话，我听都不听，直接挂掉。有一天他还在下班路上堵我，一脸谄媚的肥笑，恨不能管我叫爹。其实我心里明白，朋友啊兄弟啊友谊啊，都是他妈的胡扯，想靠着我吃钱才是真的。

李良这事，我不太相信是他故意设的局，但站在岸边打打落水狗，顺路阴李良一把，黑他点钱倒是大有可能。我高中有个八拜之交叫刘春鹏，当年跟我一起偷过菜市场的西瓜，一起扎过班主任的车胎。第一年高考落榜，我们在合江亭相顾无言，长太息而掩鼻涕，哀老天之瞎眼，说到最后，我俩抱头痛哭，像两块黏在一起的破玻璃。他高中毕业后一直在火车站附近当民警，几年下来，变得异常凶恶，对谁都六亲不认。前些日子有朋友开车在北站撞倒了几根栏杆，被他逮到，声称要吊销驾照。朋友找我帮着说情，刘春鹏当着我面说好好好，哥子的事就是我的事，但一转过脸去，该罚款照样罚款，该扣分照样扣分，让我结结实实地丢了个大人。我还亲眼见过他把一个外地民工打得满脸是血，跪在地上苦苦求饶，就因为人家不小心踩了他一下。打完之后还不解气，一脚把民工的包裹踢飞，一只印有“为人民服务”的茶缸当地掉出来，在崎岖不平的城市里翻滚鸣响。

我说：“你可以相信王大头，但不应该随便相信一个警察。”李良说：“钱都给出去了，想那些还有什么用？”我心里窝着一口气，嘟嘟囔囔地诋毁公安部队的声誉，说他们是戴国徽的禽兽。李良深深地看我半天，叹了一口气，说：“你知道你的问题出在哪里吗？该当真的你不当真，该糊涂的你又不糊涂。”

那天大头的脸色很不好看，气呼呼地鼓着腮帮子瞪我。我想他一定听见我说的话了，脸不由自主地红起来，手足无措，坐立不安，场面十分尴尬。正想解释两句，李良突然发作起来，跟头把式地冲进卧室，到处翻腾，发出惊人的响声。我和大头急忙跑过去，看见他把所有的箱子、柜子、抽屉都翻了个底朝天，嘴里咻咻有声，大头说：“你找什么，不要急，我和陈重帮你找。”李良头也不抬地说：“我记得还有一包，我还有一包，还有一包！”声音嘶哑刺耳，像一只在荒原上的嗥叫的狼。

可能是李良的记忆出了问题，我们把整间房子翻了个底朝天，也没找到他说的那一包。李良发作得越发厉害，拿着空针头就要往胳膊上戳，我和王大头同时扑上去拉他的手，等到针管夺下来，我俩都出了一身汗。李良像中了紧箍咒的孙猴子，在地上不停地滚翻爬行，蛆一般扭曲着身子，做出种种不可思议的奇形怪状。我还是第一次见到这种场面，心里又吃惊又难受，还怕他心脏病发作，就这么死了。王大头跟他搏斗了半天，气喘吁吁地对我下命令："去！找绳子把他绑起来！"我刚要转身，被李良一把拖住，他可怜巴巴抱着我的腿，说："陈重，求求你，你出去给我弄一点吧弄一点吧。"我费力地掰开他的手，纵身跳出圈外，李良在我身后砰的一声倒下，脸上糊满了鼻涕和眼泪，嘴唇乌青，瞳孔放大，像一具死不瞑目的尸体。

他几乎是被我们扛下楼的，那时天还没亮，整个城市空空荡荡，几个彻夜未睡的人轻轻飘过，脸上带着鬼魂的表情。把李良塞上车时他大叫了一声："啊——"声音尖利如刀，让我心惊胆战，脑后一撮头发不由自主地竖起来，在成都初秋的风里瑟瑟发抖。

做完十五天的强制戒毒疗程，李良胖了一些，脸上贼肉横生。出院那天他表情有点古怪，似笑不笑的，像高兴又像是失望，腮上的肉鼓鼓地跳，我想可能是刚戒完毒，生理上还不适应吧。回家前，我们到梁家巷吃了点东西，李良像个机器人一样张嘴闭嘴，面无表情地嚼着饭粒，一句话都不说。我受不了了，打躬作揖地求他："哥子，你整出点响声来好不好？你这个样子很吓人哦。"他用筷子戳了戳碗里的水煮肉片，若有所思地告诉我："×，还是咱们校门口那家饭馆的菜好吃。"

第二天他就失踪了，我一遍遍地打他的手机，他就是不接，把他家的门都快敲破了，也没听见回应。我心里无端地害怕起来，犹豫了半天，终于鼓起勇气给叶梅打电话，她冷冰冰地问我什么事，我说："你回家看看吧，李良可能……可能自杀了。"

李良一直把海子当成自己的偶像，那也是个神经诗人，1989年在山海关卧轨自杀。李良自称读完了海子的所有诗篇，并得出结论，说海子是死亡成就的英雄，所有苟活者在他面前都应该惭愧。这个理论后来被无限放大，终于成了李良的人生信条。大三下学期，文学社开创作笔会，装模作样地研究中国文学的未来走向，一群自命高尚的傻×文学青年激动得鼻血狂喷。快散会时，李良突然问我："陈重，我们活着是为了什么？"一群才子才女都瞪着我，我想了半天，说为了幸福吧。李良腾地站起来，一边绕场疾走，一边大声驳斥我的观点："错！生活！生活只有一个目的！"

那是1994年，李良二十一岁，他那天穿一件红条纹的T恤衫，在校外小摊上买的，五块钱。关于生活的目的，他最终没有说，但我明白他的意思，那就是：死亡。

青天苗裔 深埋黄土之下

无风的月夜 长草突然晃动

纯洁的纸钱飘落山冈

……

陌生人 你珍藏的泪水

必将打湿我前生的遗衣

而那些滴落的

亦将暗暗丰满

……

——李良，《月夜》

叶梅气喘吁吁跑上楼时，我刚刚点上第三支烟。她没跟我打招呼，直接当当啷啷开了门，我鞋也没换就冲了进去。

李良不在。这栋府南河边的豪宅空得像一座被盗过的坟墓，窗户大开着，腥臭的风迎面而来。一只鸟儿扑扇着翅膀从眼前飞过，停在黄叶飘零的枝头。秋天到了，它也在为自己的归宿发愁吧。

把屋子彻底检查了一遍，排除了李良把自己的尸体藏在衣柜里、床底下、马桶里的各种可能，我甚至还把床垫捏了一遍，怀疑李良是不是把自己缝在里面了。叶梅一直站在那里，斜眼看着我像个疯子一样进进出出，目光中充满了鄙视和不屑，好像我是一泡狗屎，看一看都会熏臭眼睛。

搜查完毕，她冷冷地发话了："没想到你还这么够朋友。"我有点生气，板着脸回答："李良是我这辈子最好的朋友，永远都是！我甚……"我脸红了一下，叶梅抱着双手，一脸轻蔑，等着我说下去，我鼓了鼓劲，大声说："我甚至可以为他去死！"叶梅哼了一声，拿鼻孔看了看我，表情异常狰狞，说："李良可未必把你当成朋友，你欠他三万两千元钱，他可一直都记着呢。"

这就是叶梅，一个我熟悉但又陌生的女人。或者说，我熟悉的只是她的身体，甚至只是她身体的几个部位。但她心里想的什么，我从来都没有关心过。李良上次阴森森地对我说："她现在只听你的。"我听了面红耳赤，屁都没敢放一个，抱头鼠窜而去。

作为风月场中的老手，我隐隐约约能感觉到叶梅对我的感情，包括乐山那夜，包括她趴在我身上撕心裂肺的大哭，甚至包括她泼我的那一杯酒。让我困惑的是她后来的表现，从她跟李良结婚到现在，我们一共见过六次面，她每次都像是刚从冰箱里钻出来，一张脸寒气森森，让我满身起鸡皮疙瘩。

和赵悦离婚后，有一天清晨五点，叶梅给我打电话，我迷迷糊糊地问："谁啊？"她说："是老子。"我腾地坐起来，问她有什么事，她不说话，我揉了一下眼睛，听见话筒里传来震耳的音乐声，过了足足一分钟，她忽然道："算了，就当我打错了吧。"然后无声无息地挂了机。那时天色微明，一线曙光透窗而来，照着我惺忪的睡眼。我抱着电话傻坐了半天，脑袋里空空如也。倒头又睡，直到天光大亮。醒来后茫然若失，不知道那到底是梦还是真的。

不过我知道她说的是事实，李良和我不同，我大大咧咧的，永远不知道自己口袋里有多少钱，更不知道有多少钱是自己的，多少是别人的，属于那种“包里剩下十元钱，花九元去买包烟”的品种。李良是个精细人，给人恩惠、受人恩惠一笔笔记在心里。他既然记得我欠他的三万二，就应该还记得他欠我多少。

大四最后一学期，李良极其潦倒，所有的钱都扔在了麻将桌上。他手气总是不好，瘾头却总是很大。任何时候，只要谁站在楼道上喊一声：“三缺一啦！”他保准第一个蹿出来报名。那学期开学时我带了两千三，不到三个月花得精光，其中至少有一半是给他付了赌债。毕业后回成都，他连买火车票的钱都没有，全靠我大力赞助。到成都后无处容身，又是我把他收留在家里，连吃带住，蹭我爸的红塔山抽，我妈还帮他洗袜子。

是的，我要说的就是这个：朋友的价值就在于互相利用。那些断头流血的友谊，也许存在过，也许只是我们的幻想。

2001 年秋天的一个下午，落叶飘零，灰尘弥漫，一个白色的塑料袋慢慢沉没在府南河灰黑腥臭的河水中，我站在岸边想，什么生啊死的，别逗了，我是说着玩的。

三十

我们公司的出差分为两种：出瘦差和出肥差。瘦差是指没什么油水的，因为差旅费标准很低，吃住行加起来，一天才一百元，谁出去都得赔钱；肥差就不同了，有机会捞钱，随便伸伸手就是几千块。肥差谁都想去，抢得打破头，瘦差拿鞭子都赶不动。周卫东他们巴结我，有很大一部分就是因为这个：我有权安排他们出差。我上次去重庆，属于肥瘦难言的第三种，效果因人而异。刘三去赔了一百多块钱，还挨了一耳光，换了我，大吃大喝外加老赖的小情人，最后还有五万块的油水。不过说起这事我就生气，该死的老赖只给公司汇了十五万，答应给我的五万块至今也未兑现，我打算开完这次订货会，第一时间到重庆催债去，再托人弄个起诉书带上，他要敢黑我，我就让他把二十八万全吐出来。

订货会是典型的肥差。公司给我们百分之一的机动费用，可以根据现场情况灵活安排。“灵活安排”是一个很微妙的词，大家心照不宣，闷声大发财，董胖子也放下假仁假义的臭面孔，哭着喊着要去重庆，他先人的，还不是为了那点回扣？我不算贪心，这百分之一我只要三成，也就是说，只要订出去三百万的货，我就有九千元的赚头，善后问题也很简单，找一大堆住宿用餐发票回去报销就行了，客户肯定帮着你圆谎，绝不会有后顾之忧。

我负责达川、南充、内江、自贡一线，转了一圈回来，皮包里多了一万多块。达川的曾江是今年新开发的客户，特别客气，临走时送我一个好大的包裹，里面有一条中华、两瓶五粮液，还有一大堆灯影牛肉。他这次赚了不下十五万，笑得鼻梁都塌了。

我上了火车也挺美，坐在车窗边，笑眯眯地跟下铺两个姑娘搭讪，那两个肯定是猛踩时代脚尖的新新人类，一个穿得像筛子网，另一个穿得像艺术大师的画布。我先是恭维她们长得乖，接着再夸她们身材棒，两个人都笑，说："算你聪明，没表扬我们有气质，否则就请你吃橘子皮。"详细地审问了一下，原来她们是成都大学的应届毕业生，正为工作的事犯愁呢。我牛 × 烘烘地说："到我公司来吧，我缺两个女秘书。"她们问我是干什么的，我说自己是泛太平洋汗脚鞋垫集团的独立董事，兼任中华臭豆腐公司的 CEO。那两个都笑，说："不去不去，你自己臭就行了，别把我们也搞臭了。"这个"搞"字说得我邪念顿起，歪着嘴打量她们，高一点的那个穿条短裙，还架着二郎腿，隐隐约约露出黑色的三角裤，看得我心旌摇荡，口水直流。

这次出来，我一直都没找女人。在达川的最后一晚，我躺在床上翻来覆去地睡不着，把电视节目从头翻到尾，从尾翻到头，看了一脑袋广告。饮料听着像王母尿，滋阴壮阳，补气提神；西药被吹成东瀛大补丸，有病治病，没病强身，闻一闻都能防止便秘；最可笑的是卫生巾的广告，行动自如不渗漏，加宽加长有凹槽，怎么听怎么像口罩。正无聊间，楼下桑拿中心打电话上来，问我要不要按摩。我问了问行情，台费一百，小费三百，算公道价格，就让他们派员上来。第一个脸上有雀斑，影响情绪，不要；第二个太瘦，肯定硌得慌，不要；第三个太老；第四个太矮；第五个胳膊上有烟头的烫伤，统统不要。挑到最后，老板娘勃然大怒，在电话里骂我是“憨包”，花不起钱就别装潇洒，自己耍自己嘛，并祝愿我手淫过度，精尽人亡。我哭笑不得，讪讪地挂上电话。

其实不是小姐长得丑，是我自己有问题。这些年我跟无数女人上过床，对交配已经渐生厌倦。陈超说黄帝御女千人，最后得道升仙，估计我也快赶上老祖宗了，“庶几得道焉”。仔细想一想，嫖娼真的挺没意思，花四百块，就为做一两百次俯卧撑，完了一拍两散，谁都不认识谁，真真是亏本买卖。我现在更怕水分释放后那种空虚的感觉：所有人都走了，只剩我赤身裸体地躺在床上，眼前万象倒塌，失去欲望的世界慢慢变成灰色，什么生活啊、理想啊，想什么什么没劲，一切不如意都涌上心头来。这种时候，心里总会有个声音在问：陈重，这就是你要的吗？

那不是我要的。我渴望亲吻、拥抱、温柔的对视，甚至渴望那些最终会被揭穿的谎言，而不是单纯的活塞运动。这些日子我对夜晚渐生恐惧，一点点响声都会把我吵醒，在黑暗中睁着眼睛，看什么都会变形，灯光像死人眼，窗帘像杀手的风衣。有一天我把皮带搭在床头，半夜惊醒后它变成了一条蛇，蜿蜒而来，差点把我吓哭。那种时候，我多希望身边有个人啊，手搭在我胸膛上，或者躺在我臂弯里嘟嘟囔囔地说些什么，支使我端茶倒水。天亮时她会亲我一下，敲敲我的脑袋，说："猪啊，再不起来就要迟到了！"

金海湾那夜之后，赵悦一反常态地没有任何反应。我本来以为她会打电话质问我，在心里设计了无数种应对方案：骂她下贱、淫荡、无耻；或者说她蠢得像猪一样，明摆着是耍她都看不出来；或者连接都不接，让她自己慢慢想去吧哭去吧恨去吧死去吧，我会在旁边微笑的。

但她始终没打那个电话，这让我十分失落，像是铆足了劲一拳打在空处，闪得生疼。她结婚那天我本想祝贺一下的，词都想好了："狗男女终成眷属，贱骨头不得好死。"然后再重重地呸上一声。拨过去才知道赵悦连手机号码都换了。

那夜在内江醒来，头疼得像要裂开一样，四肢无力，脑子却无比清醒。想想自己二十八年来的人生，苦苦折腾了半天，到最后却什么也没抓住，连老本都丢光了，忍不住又掉了两滴眼泪。赵悦这时估计正在和姓杨的厮杀吧，不知道会不会跟他“口吃”，脑袋前后摇摆，嘴里唔唔有声。我越想越气，一脚把被子蹬下床，心里恨恨地想：× 他妈，这事还没完！

在火车上睡了一夜，嘴里又腥又苦，裤子前面支棱着，背了半天领袖语录才敢下床。这是我们系主任的经验之谈，他的名言是：政治导致阳痿，文学治疗阳痿。所以我还应该背两句诗：

提提裤子下床来，
有谁看见我的鞋？

那两个姑娘笑得前仰后合，说：“没想到臭总您还是个诗人。”自从昨天我表明身份之后，她们就一直叫我“臭总”。我一脸坏笑，请她们吃灯影牛肉，一递一接间顺手摸了高个子姑娘一把，她脸红了红，不过没有退缩。我心里一阵高兴，越看她越漂亮，越看她越像我盘里的菜，忍不住笑出声来。

又胡扯了半个多小时，火车就到站了。成都的天空总是阴沉沉的，北站依然喧嚣杂乱，出站口挤满了人，像洪水过后的蚂蚁，互相撕咬着、拉扯着，瘸腿断手地爬进这个危险的城市，在每一条小巷、每一栋房子里挖坑、刨土，然后跳进去将自己深深掩埋，永远不得重生。

我坚持要把两个姑娘送回家，她们说不用客气，我板起脸，向她们讲解社会的险恶："到处都是坏人，我怎么放心你们自己回家？"然后批评她们的错误，"你们长成这样子，给社会造成多大的负面影响——啊？上万头色狼都盯着呢。作为一个有责任心的公民，我怎么能看着犯罪率上升无动于衷？"她们都笑，说："就你最像色狼，还说别人。"

这年头的姑娘们都喜欢坏男人，只要嘴皮子灵便，再加上点不要脸的革命精神，一般的家庭妇女都能生擒。还有一个要点就是不能把自己说得太好，人都有逆反心理，你越说自己是个坏蛋，她就越关注你的优点。李良在这方面总是不开窍，他身体的检查结果没出来之前，有一段时间也想跟我学着泡妞，我带他走遍了成都市的大小酒吧，我每次都小有斩获，他却总是空手而回。我详细地分析了我们的战略战术，发现最大的区别就是：我一开口就承认自己是个色狼，他却总是跟人讲人生、讲理想，甚至讲共产主义道德。李良啊！

李良没死。他回学校去了。我刚离开成都，就接到了他的电话，那时车上正在放《阿郎的故事》，周润发翻滚倒地，张艾嘉和他儿子在场外失声痛哭，在跌跌撞撞的头盔下，看见发哥异常平静的眼神，诉说着无尽忧伤："那悲歌总会在梦里清醒，诉说一点哀伤过的往事，那看似满不在乎转过身的，是风干泪眼后萧瑟的影子……"旁边一个胡子拉碴的家伙哭得泣不成声，我心里跳了跳，对李良说："你妈的，我还以为你死了呢！”李良轻轻地笑了一声，说：“这么多年了，最让我留恋的就是我们大学的时光。”

毕业前李良在文学社的报纸上发表了一篇文章，叫《我的情感家园》，有一些段落我至今都能背诵：

图书馆总是借不到你想要的书，寝室里总是有股汗脚味。老大的墙上糊着张曼玉，胸前用钢笔画了两个圈，这是他理想中的爱人；陈重的书架上放着一把大刀，也许有一天他会杀人；王林肚皮上有块恶心的胎记，他说长这种胎记的人都当大官……

……

我在最后的段落里热泪满眼，青春的序曲还在回响，而我却将永远离开……无论我将来成功还是失败，悲伤或者幸福，你都会看到，在我生命的最深处，有一个永远不能抵达的家……

从某种意义上说，李良永远都长不大，他总在怀念过去。有一个寓言是这样的：给你一串葡萄，你是先吃大的，还是先吃小的？我选择大的，说明我是一个乐观的悲观主义者、一个生活的透支者，虽然吃到的每一颗都是最大的，但葡萄本身却越来越小；王大头选择小的，说明他是一个悲观的乐观主义者，希望常在，却永远不能抵达；而李良，李良不吃葡萄，他是一个葡萄收藏者。

他在学校里拍了厚厚一大摞照片，光我们宿舍楼的外景就有十四张。我一张张地翻看，每一个细小的场景都勾起我深深的回忆：我们喝醉了酒坐在楼口大声号叫，有时大笑，有时痛哭；我们半夜归来，搭着人梯翻墙而进，背上洒满月光；我们在楼前集体合影，唱《国际歌》，唱黑豹的《无地自容》：“曾感到过寂寞/也曾被别人冷落/却从未有感觉/我无地自容……”是的，还有赵悦，她那时总站在梧桐树下，拿着书包和饭盒，等我下楼吃饭、上自习，或者去小树林里紧紧拥抱……

李良说我们宿舍还像当年那么脏，墙上糊着裸女照，地下躺着臭袜子，新一代的大学生还在谈论我们当初的话题：诗歌、爱情，还有美好的未来。老大床上睡的是新一代的老大，我的床上住着一个兰州产的小胖子。见证过我爱情的小树林被铲掉了，现在是一个网球场；留校的张洁生了一个八斤重的儿子；文学社的报纸改名了，叫作《漩声》；教我们写诗的萧老师死了，师母把他的手稿付之一炬，灰烬中有一片残纸，孤零零地写着一句话：“生如负重远行，总无一个歇脚处……”李良说：“你必须承认——我们一直都在堕落。”

戒毒后的李良看上去有些憔悴，胡子拉碴的，声音嘶哑气喘，像被劁猪的捏住了裤裆。我对他的话不敢苟同，无所谓堕落不堕落，星星还是那个星星，月亮也还是那个月亮，蹚着生活之水前行，我们没有变高也没有变矮，浮沉不定的只是生活的水面。而升华或者沉沦，我们身不由己。二十年前我立志要当科学家，那时的陈重未必就比今天的高尚。走出大门时，我想，理想不过是我们自己吹出来的肥皂泡，破裂之后一切都现出原形，而李良的错误在于，他总是把肥皂泡当成生活本身。

三十一

达川的曾江到成都出差，我跟董胖子告了个假，陪他到处走了走。说实话，我对经销商一直是又嫉妒又鄙视，嫉妒他们钱比我多，挎的妞比我的漂亮，看不起他们的粗俗浅薄。尤其像老赖这号的，除了赚钱耍婆娘，休想从他嘴里听到一点有建设性的话。他自称是“精液洒遍神州，枪挑三十一省美女”，还跟俄罗斯做过国际贸易。上次来成都，我带他去夜总会，他逮着小姐就吹他的产品型号，比比画画地说“两把露个头”，老赖自注“一把长约七厘米”，所以他那根总长超过十五厘米。这话实在是恶臭不堪，我听得眉毛脱落，小姐们也花容失色，一边狂吐一边落荒而逃，他还扬扬自得，以为是武器犀利，不战而胜。

曾江倒是一派儒商风度，西装革履，脸上随时带着笑容。说来让我惭愧，他也是二十八岁，上海同济大学毕业，知识渊博，不管你说什么他都有得回应，我拱手叹服，赞美他“天上的事情懂一半，地下的事情懂完了”。逛武侯祠时，遇见两个老外问路，他用流利的英语跟人聊了半天，连说带笑的，让旁边的我十分失落。

我外语一直没学好，老弄错单复数，也分不清时态，老赖做国际贸易那次，我也在旁边，他委托我帮他拉跨国皮条，这厮英语只会一句“发颗油”，还是我现场教他的，准备他球过半场时使用。那是在普希金大酒店，我面对一堆美女，搜索了半天枯肠，也不知道怎么开口，情急智生，决定先夸那个俄罗斯小姐漂亮，一不留神用错了系动词，说：“You is a beautiful girl.”满堂哄笑。

走出武侯祠后，我懊恼地想这些年真是白活了，一事无成，老婆跟人跑了，还欠了一屁股债，大学时学的那点东西，也早都随着尿撒光了，我还能做点什么呢？曾江没注意我的脸色，牛×烘烘地说他要去英国读书，我半天没吭气，心里像被贼偷了一票。

这次订货会，四川公司的成绩在全公司排名第一。董胖子兴高采烈地回总部领功去了，走之前开了个短会，话里话外不忘炫耀他的英明神武、算无遗策、活活气死诸葛亮。我在下面听着肺都气肿了，心想要没有爷爷我，就凭你的猪脑袋，也想搞得好？

这次成功有两个原因，一是广告配合得好，二是时机抓得好，兰飞公司的订货会10月15号开，比我们原计划早两天，我打探到这个消息，连夜向总公司申请提前，追命一般催促配送中心备货，又连夜把董胖子从老婆身上拔出来，逼着他召开紧急会议，一直搞到夜里三点钟，终于把订货会的各项细节一一敲定。这个英明神武、算无遗策、活活气死诸葛亮的蠢货当时只知道点头，连个屁都放不出来。

那天刚好是李良失踪的第二天，我开完会走下楼来，看见月亮孤零零地挂在中天，楼群间的小路上洒满斑驳光影，除了偶尔经过的汽车，整座城市像坟墓一般寂静无声。我想着李良的生死，慢慢走回空荡荡的家，心里茫然无比，像一片空空的沙漠，漫长、寂寥、寸草不生。

10 月 24 号是我二十八岁生日，还没下班，老太太就打电话来，命令我晚饭必须回家吃，说她烧了满满一桌子菜，老汉把酒都斟好了。我咧开嘴无声地笑了笑，心里不知道是高兴还是难受，鼻子一个劲地发酸。

晚饭吃得很高兴，我妈炖的牛肉又香又辣，嘟嘟的眼泪都辣出来了，还是吵着要吃。老汉跟我叫板，说今晚要把我灌到桌子底下去，我豪气大发，两杯陪他一杯，喝了足足有六两。那酒是爸爸托人从全兴厂搞出来的散装酒，劲大得跟牛似的，喝得我浑身暖洋洋的，脑袋醺醺然飘飘然，实在舒服。老汉撑不住了，拱手而降，大败之余不忘提他的当年旧勇，说要是在三十年前，两个，不，三个兔娃儿也不是对手。全家都大笑，嘟嘟咧着豁牙的嘴上蹿下跳，把饭粒撒了我一身。

我姐这个儿子出生前，他们两口子闹得也是天翻地覆，差点上演了《人鬼情未了》的成都版。姐夫刚出道时还只是个小记者，但志向远大，铁了心要当“一代名记”，背着照相机没日没夜地到处跑。他们单位有宿舍，但姐姐死活都不让他去住，说那里又阴又湿，只适合窖藏萝卜，这样在我家一挤就是两年多。他们住我隔壁，经常在半夜里把铁床摇得哐啷哐啷响，吵得我心烦意乱，有一次实在是忍不住了，跳起来捶墙抗议，让我的“名妓”姐夫脸红了好几天。

从 1994 年开始，他们就闹开了感情危机，大概也是什么几年之痒吧，一天吵八十遍，吵完后姐夫黯然离去，姐姐哭得像支蜡烛。快过春节的时候，他们不知为什么又发动起战争，姐姐当时已经怀孕了，气得浑身哆嗦，挥拳痛打我那可怜的尚未长腿的外甥。姐夫可怜巴巴地靠墙站着，一句话都不说，我路见不平一声吼，说我姐蛮横无理，欺负老实人也不能这么个欺负法。我姐愤怒得不可理喻，施展降龙神掌，把墙打得砰砰作响，还一边悲愤地控诉：“天啊，连你都不帮我！你晓不晓得他在外面有情人?！”

七年之后我知道这事很平常。走在成都的大街上，我不知道哪个男人能忠诚到底，也不知道哪个女人会永远坚贞，背叛和放纵似乎已经成了这时代的通行证，正像王大头的名言：“谁家肥水不外流？”但在 1994 年，那个仍然对爱情抱有幻想，仍然有几分单纯的陈重愤怒得差点把楼板顶穿，他一跃而起，口中嗬嗬有声，像头发怒的公牛一样扑向他姐夫。在今天看来，这个举动更像一个荒诞的寓言，关于生活的原则，关于做人的底线。而背景永远是一片哭声，姐姐大声哭，妈妈小声哭，姐夫一屁股坐到地上，双手抱头，浑身颤抖着哭。

这事对我姐而言，是一道难以逾越的关卡，她坚持冷战了两个月，一天到晚哭哭啼啼的，我怀疑嘟嘟身体不好就是这个原因。那肯定也是姐夫最难熬的时光，顶着我的白眼和爸妈冷漠的面孔，面朝我姐的后脑勺，一次次真诚忏悔，到最后连我都感动了。我姐也半推半就地回到他们自己的家，打起十二分的精神，卖汽车、哄孩子，一副贤妻良母的派头。

姐夫这几年混得不错，搞了几个大新闻，还去中东走了一趟，据说马上就要提副主编。我姐的脸上越发有了光彩，每次回来都要夸耀他的光辉业绩，景仰之情如滔滔江水。还说他现在走到哪里都不忘打电话汇报行踪，每月工资自觉上交，由家务院总理——我姐，按需发放。我姐的脊椎有毛病，他无师自通地学会了按摩，每天晚上都要在她后背上施展拳脚，说这是合法的虐待老婆，“不打白不打”。

吃完饭我陪爸爸下棋，姐姐帮老太太收拾完锅碗瓢盆，率领丈夫、儿子腆肚而去。我坐在窗前，看见他们手牵着手，在满楼灯光的照耀下慢悠悠地走出大门口，我的小外甥像只小狗一样在旁边蹦蹦跳跳，姐夫拍他一下，回头跟我姐说了句什么，姐姐捶他一拳，笑得前仰后合，脸如桃花。我心里像被什么猛然撞了一下，想起我曾经的家，以及那条灯火璀璨的长街，就在几个月前，我和赵悦也曾这样走过。心开始撕撕拉拉地痛，半天都没有落子。老汉抬起头来，直直地看了我半天，然后轻声说："还不守角？我点三三了啊。"

那天一共接到了三个祝福电话，李良、赵燕，还有我想不到的叶梅。赵燕现在去了一家专门研究如何喂猪的公司当总经理助理，这是个暧昧不清的职务，我对她们老板腰下三寸的可靠性表示忧虑，她笑着让我滚，说："你以为都像你那么色啊。"赵燕这姑娘很奇怪，她心里一定明白我对她的企图，却总是笑眯眯的，而当你以为可以进一步行动时，她立刻就会把距离拉远。上次在晋竹园度假村开经销商座谈会，我和她唱了几首情歌，情意绵绵、含情脉脉，"在雨中，我吻过你……在春天，我拥有你……"，我浮想联翩，在心里描绘我"拥有"赵燕的多种姿态。等客人们都回房后，我暗示她出去走一走，她乜斜了我半天，拿皮包捅我一下，说："你这个人啊，给你点阳光你就灿烂，给你点颜色你就鲜艳，给你点微笑你就感情泛滥。"说完转身进房，脸上看不出是喜是怒，让我膨胀的自信心刹那间萎缩如纸。

叶梅的电话让我又高兴又紧张，她这次一反常态，说"生日快乐"时温柔得一塌糊涂，让我双腿发软、心跳加速。爸爸还在边角上跟我纠缠不休，我一面落子，一面红着脸跟叶梅聊天。她说她在培根路开了个小酒吧，叫"唐朝风车"，我一听这鬼头鬼脑的名字，就知道是李良的创意，心里不知为什么有点酸溜溜的。我们上学时唐朝乐队刚刚走红，李良自作多情地为人家写了首歌词，名字也叫《梦回唐朝》，其中有几句在我们学校很有名：

又见你微微一笑
又见你长发飘飘
梦不到的千年长安
梦见你蓦然回首
深情如丝路迢迢
……

叶梅的嗓子听起来有点哑，鼻音很重，像是感冒了，我提醒她注意身体，她乖乖地“嗯”了一声，然后问我：“你晚上有没有空？过来坐坐嘛。”口气像小女孩撒娇。

老太太以为我又交了新女朋友，高兴得十分猖狂，一把将棋局胡噜了，像赶驴一样催我马上赴约。老汉颇为悲愤，恨声不断，说我妈建设不足破坏有余。他好容易围住了我的一大片棋子，正想大开杀戒呢。我妈虚张声势地举着鸡毛掸子作势欲打，说：“我儿哪有工夫陪你玩，你没听见有女娃儿找他啊？”

我笑着走下楼，慢慢发动起汽车，破烂的发动机像得了哮喘病的老头，一边剧烈地抖动，一边上气不接下气地咳嗽。我拐过自行车棚，绕过小卖店，开上人车拥挤的马路，想着叶梅，想着那个意乱情迷的春夜，想着这七个月来的点点滴滴，心里像塞了一堆狗毛，乱纷纷的，有高兴，有悲伤，还有点惭愧。

经过省医院时，我突然想起了周卫东，订货会期间我安排他到德阳、绵阳、广元三个城市走了一趟。这小子夜夜都不闲着，一路鸣枪前进，等到订货会开完，他的枪也打烂了，下身肿得像个冻僵了的胡萝卜，痒得他哇呀乱叫，我开车送他去医院，他一路辗转反侧，恨不能自己把它揪下来。挂号就诊后，医生吩咐他："先去查一下血，不排除是艾滋病。"周卫东差点吓出尿来。我心里也咯噔一下子，后来才知道是医生故意吓他，淋病而已。现在这厮每天要过来打两针，一针一百八，他自己没什么积蓄，还跟我借了两千元。

这钱就算丢了。周卫东要是能还钱，母猪都会变成巩俐。他倒不是那种爱占人便宜的小气鬼，但忘性奇大，他有钱的时候，你跟他借钱，他也记不住。不过想起来还是肉疼，我现在一个月总收入才几千块，这下看来又要动用老本了。这么想着，我忍不住拨通了老赖的手机，他这次订货会销售二百多万，箱费、返利和差价加起来，毛利不下三十万，再跟我哭穷就太没道理了吧。

老赖半天都不接电话，我气得鼻孔冒烟，在心里问候他们家八百代祖宗，连赖汤圆都算上了。一遍遍地重拨之后，他终于被我的真诚打动了，懒洋洋地拿起电话，说他正在办公室里跟人谈生意，让我过半小时后打他的座机。我掉转方向盘，把车停在路边，打定主意跟老赖周旋到底，不要回钱来决不罢休。中间叶梅又打电话，问我到底过不过来，我犹豫了半天，决定说实话："想过来，但是我不想让李良难过。"叶梅剧烈地咳嗽一声，像喝水呛着了，气哼哼地说："那算球了。"然后砰的一声挂了电话，我心里想着她柳眉倒竖、粉脸通红的样子，心里像打翻了什么东西，茫茫然空空然，很不是滋味。

老赖这次倒很爽快，开口就说那五万块他不打算给我了，我一脚把烟头踢飞，喘了半天粗气，冷笑着说："行啊，那你准备接法院的传票吧，你还欠我们公司二十八万呢。"老赖也在那面嘿嘿地笑，我恨不能从话筒里伸出一只拳头，一拳砸烂他的狗脸。

"你们公司不会告我吧？"

我虚张声势："告不告你我说了算！你就走着瞧吧。"

电话里传来一阵窸窸窣窣的声音，像纸落到了地上。老赖说："你说了恐怕不能算，你们刘总答应我了，不会告我。"

我没反应过来，继续发飙："刘总是管人力资源的，他才不会理你这种球事呢。业务问题，连我们老板都得听我的！"

老赖没接腔，电话里窸窸窣窣的声音更响了，过了大概有一分钟，他突然问我："刘总就坐在我身边，你要不要跟他说话？"

三十二

纱帽街的老余一大早就坐我办公室，等着要他那十七万。去年年底我从他那里拿了二十六万元的汽车配件，当时风闻小厂件要涨价，我也是想给公司节约点采购成本。没想过了几个月，打击中小配件厂的文件始终没下来，这批货越卖越贱，我算了一下，如果按当时的价格出手，至少要亏三万多。我找老余商量结算价格，他死都不肯让步，我一怒之下吩咐会计把款扣住，一拖就是大半年。老余急了，打电话威胁我，说要去法院起诉，我笑得满屋子起灰，语重心长地鼓励他："去吧，去告吧，你一定会赢的。"心想等法院判下来，至少要两个月，累都累死狗日的。再说，就算法院判我败诉，大不了我从市场上调一批货退给他，怎么也用不着十七万那么多。老余盘算良久，一下子蔫了，装起了灰孙子，三天两头往我这里跑，又上烟又赔笑，口气谦恭，主意坚定，像狗皮膏药一样撵都撵不走。

看见我进来，老余一脸谄媚，给我上烟、泡茶，然后喋喋不休地说他家里怎么困难，儿子要上学，老婆要治病，八十岁的老娘要去火葬场。我苦笑一声，说："现在这事不归我管了，你找董胖子吧——我已经被开除了。”老余当时就傻了，龇着几颗焦黄的门牙，像见鬼了一样瞪着我。

总公司的决议有两项内容：一、立即开除陈重，销售部工作由刘三接手；二、扣发我的所有工资、补贴和报销费用，所余二十六万九千元欠款必须于十日内还清，否则就去公安局报案。我还没听完，汗就流了一头，脸白如纸，胃里涌上一股酸腐的臭气，火烧火燎的。

董胖子念完文件，假模假式地走过来装好人，拍着我的肩膀说：“陈重啊，同事一场，我也不想看到今天，你自己多保重吧。”可能是他脸上的一丝笑容激怒了我，我一脚蹬翻椅子，像头发情的豹子一样纵身而起，对准他的胖脸就是一拳，董胖子一个没站稳，像座肉山一样撞在墙上，发出沉闷的巨响。所有人都惊呆了，触电般纷纷起立，我大马金刀地横立门口，头发倒竖，牙关紧咬，对董胖子说：“× 你妈，你给老子等着！”

这事百分之百是董胖子策划的。接完刘总电话后，我冷汗直流，心中飞快地转着念头，把事情前前后后地想了一遍，终于明白了董胖子订货会时为什么非要去重庆，还找我要前两年的经销合同，也明白了刘总突然冷淡下来的原因，我几乎能想出他们是怎样密谋策划，把坑挖好，然后躲在旁边，等我一步步地接近、再接近，最后扑通一声掉进去。这群狗——日——的！我在心里怒骂，同时痛恨自己的糊涂，我千不该万不该，不该在这个时候给老赖打电话，如果不是姓刘的恰好在旁边，我完全可以耍赖，反正一切都是口头协议，一点字据都没留下，公司再怎么起疑，也不至于公然把我开除。但是现在，说什么都没有用了。

大三那年，因为著名的黄色录像事件，我差一点被学校开除。那是我生活中的第一次危机，事件发生后，我对李良说，如果我真的被开除了，我一定不回成都，而是躺在某一段冰冷的铁轨上，就像我们无比景仰的偶像，那个死亡成就的英雄：海子。

20 世纪 90 年代初期，是大学生经商最为疯狂的年代，到处都在讨论卖茶叶蛋的应不应该比造导弹的赚钱多，大学生们好像一夜之间被尿憋醒了，纷纷抛下“为天地立心，为生民立命，为往圣继绝学，为万世开太平”的历史重任，把脑袋削尖，争先恐后、气急败坏地往钱眼里钻，那个时候，谁要是说自己没当过小贩，出门都不好意思跟人打招呼。

我们学校的商潮也颇为壮观，食堂门口糊满各种变态的广告，卖书的、组织家教的、联系直销的，用的词也是花里胡哨，无奇不有；宿舍楼下的小摊排出几里长，一天到晚闹哄哄的，比外面的菜市场都鲜活生猛。每个人都是一个贸易公司，我们宿舍的门一天要被敲开八十次，卖衬衫袜子的，卖方便面榨菜的，卖梳子镜子化妆品的，甚至还有上门推销避孕套的。

学校当局顺应天时人心，组织学生搞模拟股票市场、模拟期货市场，人潮涌动，跟赶集一样。那个年代到处流传着一夜暴富的假新闻：说师大有个学生倒钢材赚了几千万，天天开着林肯上学；说民院某个部落酋长的女儿，投了二十万炒期货，不到一年就翻成一个亿，现在正准备制作大片……我也不甘人后，先后开过啤酒屋、租书店、台球厅，摆摊卖过白沟的服装、廊坊的书架，到大三下学期，终于如愿以偿地承包了我们学校的录像厅。

我那时候有句名言：钱是赚出来的，不是攒出来的。尽管我做了那么多生意，到最后还是口袋空空——我的利润全变成啤酒了。承包录像厅倒是个好买卖，英语系的楚江潮包了三个月，肥得撒尿都带油花，一日三餐都在校外馆子里吃。我当时的要求也不高，只要能偶尔给赵悦买件衣服，隔三岔五请朋友们撮一顿就行了。

我承包了整整一学期，狠赚了一些钱，但最后还是全部搭进去了。

开始的时候生意不算好，每天只有五六十个顾客，票房收入严重不抵承包费。我急了，到处搜罗大片，《魂断蓝桥》、《侏罗纪公园》、《沉默的羔羊》、周润发的英雄系列、周星驰的搞笑系列……海报贴得铺天盖地。每周六搞一次“经典回眸”，来通宵的，放的全是小时候记忆深刻的电视剧，《上海滩》《射雕英雄传》《霍元甲》《陈真》，生意一下子火了起来，最厉害的一天光门票就卖出去四百多张，再加上卖汽水、瓜子、面包、香烟什么的，总收入超过一千两百元，嘴都笑歪了。

1994年7月2日，放暑假了，我正打算停业整顿，跟赵悦回东北过个富裕的假期。这时体育系的郝峰找上我，给我三张黄色光碟，《查特莱夫人的情人》《我为卿狂》《玉蒲团》，跟我打躬作揖了半天，央求我务必要放给他们看看，还说票价任我定。我心软了一下，想干了这么久也没人来检查过，估计不会出什么乱子，不如顺水推舟做个人情，也省得体育棒子们老给我捣乱。没想到这厮一下找来三十多条大汉，我当时就慌了，说人太多了，不安全，一定不能放。郝峰鼓动三十多条大汉同时向我敬礼，马屁一筐一筐地拍过来，把我说得英雄侠义、威名赫赫、远胜关老爷，我一时没把持住，豪气干云地挥了挥手："放！天塌下来我顶着！"

有位诗人说，生活是一条河。我理解这句话的意思，是说平静的河面下，随时都可能遇到险滩和暗流，一个小小的疏忽都会导致船翻人亡。七年之后我想：如果我那天没有冲动，就不会背上留校察看的处分，最后连学位都拿不到；如果不是因为没有学位，我就不会进不了省委宣传部，别别扭扭地去现在这家公司；如果不进这家公司，我现在就不会像条丧家之犬一样，跌跌撞撞地走在西门车站肮脏杂乱的空气里，眼前黯淡无光，脸上惶恐不安，内心郁闷欲死。

七年前的那个夏夜，叶子楣和徐锦江在浴缸里一场大战，三十多个家伙看得口水长流、下巴纷纷脱落。我手里捏着他们交来的两百多元，咧开嘴无声地大笑，心想这时候就是有一头母猪，他们肯定也会奋勇向前，精尽人亡。正美着呢，突然大门被咣当一声踹开，灯光大亮，保卫处唐处长猛赳赳地奔我而来，他身后跟着几个保安，瞪眼拧眉，像搜山的国民党匪兵。整个场子瞬间乱成一乱，急促杂乱的脚步声、哐啷啷的坐椅掀动声、嗡嗡蜂鸣的说话声，乱得一塌糊涂。有两个家伙见机不妙，想跳窗而去，被老唐一声大吼震住："一个都不能放走！打电话通知他们系主任来领人！你，"他指着我的鼻子，"马上跟我去保卫处！"

1994 年 7 月 2 日，我的心情就跟七年后刚听完刘总电话一样，觉得整个世界都塌了。郝峰凑过来跟我道歉，我一把将他推开，跟着老唐跌跌撞撞地往外走，刚一出门就支持不住了，一下子靠在墙上，四肢无力，像牛一般直喘粗气。

我那次真的做好了死的准备。我哭着对我们系主任发誓，说如果学校开除我，我就从十六层教学大楼上跳下来，吓得小老头脸如金纸，到学生处拼命地替我说好话。我还把自己几个月来的利润全都取出来，大约有一万元，到学生处、保卫处、校办到处打点，还给主管学生工作的副校长送了个大大的红包，他开始时一脸神圣，拒我于防盗门之外，还痛斥我的无耻钻营。在我再三纠缠、发誓保密之后，他终于讪讪地收下，然后一脸神圣地说："行了，不会开除你了，回去吧。"

从那时起，我就知道，这世上没有金钱赎买不了的罪恶，也没有永不生锈的纯洁。李良听说此事后大为愤慨，声称要写信检举，我大喝一声："你龟儿子这不是害我吗?！"他恨恨而去，胸中颇有不平，赋诗道：

即使永不被宽恕
我也要在地狱里大声呼喊：
圣者 我的罪恶
源于你神圣的权杖

那时我们都很单纯，谁都没去想这事的来龙去脉。直到三年后，我的老情人——绰号黑牡丹的体育老师结婚时，我才恍然大悟。和赵悦好上后，我还和黑牡丹不清不楚了一个多月，这种脚踩两只船的无耻行径让她十分愤怒，经常骂我禽兽不如、卑鄙下流、生孩子没有屁眼。她是那种毛孔粗大、心眼细小的女人，脱了衣服一身是毛，穿上衣服满身是刺。有一天快熄灯了，她把我叫到楼下，气势汹汹地让我给个说法："你倒是要她还是要我？"我支吾了半天，终于鼓起勇气，羞答答地说我还是跟赵悦更有感觉。黑牡丹一下子把手举得天高，看样子很想揍我，我闭上眼，运气于脸，准备接受她的雷霆一击，过了半天也没动静，我再睁开眼时，发现她已经转过楼口，肩膀一耸一耸地，在月光下跑得飞快。

她的新郎，那个叫姚志强的内蒙古大汉，那夜就坐在我的录像厅里，也是仅有的没被处分的两个人之一。

种瓜得瓜，种豆得豆。文殊院的和尚说：祸福本无根。脚上的泡是你自己走出来的，眼前的山也都是你自己造出来的。站在西门车站喧嚣的空气中，我想，你这该死的陈重，究竟给自己造了多少座山啊。

我的成都，这座像手掌一样熟悉的城市，充满了危险的、动荡的、不确定的因素。它永远都在打墙拆楼，永远都在挖坑修路，永远都有票贩子和拉客的过来骚扰。我提着一个轻飘飘的纸袋，慢慢从人群中挤过，心情黯淡如鞋底的纹路。纸袋里是我这些年的全部家当：几本《销售与市场》、几本荣誉证书、一个盖不严的保温杯，还有十几张从来不敢让赵悦看见的照片：我和油条情人、和赵燕、和川大美女的合影。我在不同的场景里微笑、挥手、故作潇洒，像一只不知秋之将至的蝉虫，尽情地挥霍我仅有的那点幸福。收拾这些东西的时候，我的心忽然酸了一下，红着眼睛上下打量，心想这些年我为公司创造了千万元的财富，而留给自己的，却只有这么小小的一袋。

周卫东最后的表现倒很让我感动，一直为我跑前跑后，对董胖子的冷眼尿也不尿。我偷袭得手后，感觉心情大畅，董某挂在墙上，气得全身哆嗦，双眼浑圆如灯，一步跨到我的面前，跃跃欲试要报那一拳之仇。在最关键的时刻，周卫东一个箭步冲过来，抱着胳膊为我助阵，董胖子腿颤了半天，估计没有人会站出来帮他，怒吼了一声摔门而去。

三十三

我账户上还剩五万八，老汉的全部积蓄加起来，估计也不会超过这个数。姐姐本来有点钱，但八月份刚买了一套房子，剩下的钱连装修都搞不起。我这两天一想起钱的事就恨不能拿头撞墙，五脏六腑全像着了火，吃饭没味道，睡觉做噩梦，尿黄得像鲜榨橙汁。今天早上醒来，发现嘴里起了一个牛大的水泡，刷牙时不小心捅破了，疼得我满地乱跳。

总公司的门律师已经到了成都，昨天晚上跟我通了个电话，说刘总指示他，不惜一切代价都要把钱追回来，让我不要心存侥幸："就算你跑了，你的担保人也跑不掉。"我把牙花子都咬破了，恨不能从电话里伸出手去，一把掐断他鸭子般的喉咙。他说的担保人就是我爸，刚进公司时，老汉为我签了一份《担保合同》："我推荐某人到贵公司入职，并负责赔偿他给贵公司造成的任何经济损失。"姐夫说这简直就是株连九族。老汉到现在还蒙在鼓里。

跟门律师通完电话后，我拖着两条重若泰山的腿回家，一进门就看见老两口蹲在我房里，敲敲打打地修我的床，老太太还让我马上搬回来住："看你瘦的，肯定在外面连口热饭都吃不上。”我心里立马像堵了块大石头，鼻子里像灌了醋，本来想好了要跟他们坦白的，但此情此景，认罪的话却怎么也说不出口。吃饭时爸爸问我工作的事情怎么样，我慌得筷子都捏不住，连声说挺好的挺好的，可心里羞愧难当，真想一头从窗上扎下去。

我跟周卫东商量，他一个劲儿地安慰我，说：“公司纯粹是虚张声势，你这事最多算是民事纠纷，根本扯不上什么刑事责任，怕个锤子怕？”但我心里还是没底。我亲眼见过王大头是怎么办案的，成都英岛公司的老总就因为进了几箱假烟，被他们搞得人不人鬼不鬼，连罚带打，最后倾家荡产。我的欠款是结结实实摆在桌面上的，公司如果真是铁了心要弄我，我死都不知道是怎么死的。

李良出事后，我和王大头一直没有联系过。恐怕他自己也明白，不把那件事解释清楚，不光是我，连李良都不会再当他是朋友。李良表面温和，骨子里却是个不折不扣的怀疑主义者，不会轻易相信任何人，包括我——他最好的朋友。十年了，交往越久，我感觉离他越远，这说明我从来没有真正地走进他的生活、他的心。

这也是我不敢向他开口的原因。我和叶梅的奸情败露后，他对我的态度一直都很奇怪，若即若离的，有时看着很亲热，有时又冷若“冰箱”。前几天我让我妈做了一盆当归炖土鸡，亲自用保温饭盒给他送去，说让他补补身体。他当着我的面说得千好万好，很感激的样子，但过了几天我再去他家，却发现那个饭盒冷冷地躺在厨房的角落里，上有菜汤下有饭粒，里面的鸡却一口没动。我看着自己的一片心意长满了绿毛，心里很不舒服，质问他为什么不吃，话刚出口就后悔了，我忽然明白了李良的意思：他不愿意接受我的任何恩惠。这种矫情的姿态让我又愤怒又伤心，还有点无端的怜悯。

我不知道如果我开口借钱，他会有什么样的反应。但对我来说，与其被李良拒绝，被他鄙视、嘲笑，不如我去坐牢，那样看起来倒还像条真正的汉子，或者说，至少没有违反我们年轻时立下的原则。大二那年，文学社的报纸《或者》创刊发行，在高校圈子里引起极大轰动。李良在发刊词中宣称："我们绝不沉沦。我们只选择两种死亡：辉煌，或者壮烈。"这句话诞生于一个夏夜的卧谈会，被老大称为"里氏七点八级的牛×"，程度相当于1976年的唐山大地震。

钱的事快把我逼疯了。前天回家时，看见楼下有一辆黑色的广州本田，后车窗没有关好，露着两寸宽的缝隙。那是半夜两点钟，街上寂静无人，我左右环顾，心跳得差点从嗓子眼里蹦出来，在大约一分钟的时间里，我至少问了自己二十次：干，还是不干？修理厂的李师父对这种车很有研究，我跟他学了一下，只要一根长铁丝就能撬开，出手也方便，给梁大刚就行，应该不低于八万元吧。我正进行着激烈的思想斗争，忽然听到值夜的老头咳嗽着蹒跚而来，我一下被惊醒了，头上汗水涔涔而下，心里咚咚乱响，想我他妈的差一点——就差那么一点点——就成了贼。

其他的办法我也想过，抢银行、砸金店、拦路抢劫，或者潜回公司点一把火，把所有的账目烧得干干净净，让他们有屁都没处放。最偏激的时候甚至想买一把杀猪刀，把董胖子、刘三和老赖都做了，然后亡命天涯。冷静下来就知道这些办法全行不通。我了解自己，我从来就不具备那种果敢杀伐的素质，我真的能置一切于不顾，轰轰烈烈地大干一场吗？我做不到。在这一点上，李良给我的评价十分中肯，他说："爱钱的困于钱，好色的困于色。你太爱你自己，所以会被自己困住。"

十天的期限转眼就到。早上八点钟，门律师又给我打电话，说再给我四个小时的缓刑，如果十二点之前我还没有把钱送去，就准备接传票吧。我一边梳头一边告诉他："我上午还要去面试，你要去公安局还是去法院，就直接去吧。"想了想，觉得还不过瘾，又温柔地加了一句："你不用等我了。"然后砰地挂了电话，心里不知为什么感到一阵高兴。

事已如此，我也豁出去了。大不了被老汉痛骂一顿，只要咬着牙挺过去，事情总会有办法的。周卫东说得好："实在不行了，老子买个假身份证跑球了，到新的城市混上个三年五载，再回来一样堂堂正正地做人。"反正我现在也等于一无所有，没什么可留恋的。

昨晚上做梦梦见了赵悦，好像又回到了我们的大学时代，在校门口的电话亭旁，她关切地问："我这里还有点钱，要不你先拿去用？"那是黄色录像事件后她对我说的话。我在梦里隐隐约约感觉有什么不太对，笑嘻嘻地回答她："我现在当经理了，有的是钱，你的钱留着买衣服吧。"突然之间，场景就变了，我站在金海湾酒店的阳台上，赵悦一丝不挂，眼里泪水直流，对我说："陈重，你亏了良心，你亏了良心！"然后像疯了一样扑过来推搡我，我一个没站稳，轻飘飘地从楼上摔下来，一边跌落一边大声斥责她："你总是这个德行，一天不吵你就浑身难受！"

那夜月光如水，照得人眉目生凉。几只晚睡的麻雀被月光惊醒，振翅远远飞去。在成都西延线一栋红色的楼房里，一个又丑又脏的家伙忽然翻身坐起，像疯子一样狠狠地抓着自己的头发，那些圣洁的、蔚蓝色的月光，在他胡子拉碴的脸上缕缕浮动，好像梦中的泪痕。

约我面试的是美领馆旁边的一家体育用品公司，他们缺个销售部经理。可能是没睡好，老板问我问题时，回答得语无伦次，自己都有点脸红。估计他对我也不太满意，听我说薪水至少要五千元时，他阴着一张大饼子脸"嗷"了一声，二话不说把我轰了出来。

这里是成都的富人区，集中了一大批幸运的小偷和成功的强盗，在丧尽天良地巧取豪夺、坑蒙拐骗之后，他们改换容颜，开着名车、住着豪宅、挎着美女，有个新名头唤作“高尚人士”。不远处曾经开过一家女士酒吧，传闻是年老色衰的阔太太、闲极无聊的二奶们寻找精神填充物和肉体填充物的交易场所。我 1999 年曾经带赵悦去过一次，鼓动她从吧台边的一群帅哥中挑一个，赵悦笑嘻嘻地回敬我：“我不要，自己的老公都还没玩够呢，找他们干什么？”

这几天火气很大，嘴臭得能熏死苍蝇。我在路边小店买了块绿箭口香糖，慢慢地嚼着，心事重重地转过街角。路过好又多超市的门口时，我不经意地往里看了一眼，正在嚅动的下巴立刻张开，整个人被电击过一样僵在当场：在拥挤的人流中间，我美丽的前妻——赵悦，正提着大包小包，长发飘飘，笑逐颜开地向我走来。

三十四

警察进门时，老太太吓得差点摔倒，以为我做下什么惊天大案了呢。我当时也有点蒙，没想到事情来得这么快。那两个警察倒很客气，胖的那个操一口浓重的自贡口音，说话时舌头翘得能舔到鼻子，问我在家里谈方不方便，我妈紧张得两手发抖，可怜巴巴地望着我。我搂了一下她的肩膀，说："不用怕，是我们公司的事。"胖警察连连点头，帮我圆谎，说："阿姨放心吧，不是他的事，是别人的事。"我妈一下子活了过来，颠着小碎步要给人上烟倒茶，我从茶几里拿了一条中华，对她说别忙活了，我们出去谈。

走出大院门口，我自觉地伸出两手，问那两个警察："要不要铐上？"他们俩都笑，说："没那么严重，我们就是了解一下情况，你这么主动，不是不打自招吗？"我赶紧赔笑，说："警匪片看多了，还以为跟警察说话就得铐上呢，没想到还有你们这么和气的。"这马屁拍得有点水平了，两个家伙笑得眼睛都眯起来。我把他们带进对面的陆羽茶坊，心想王大头说的真是不错：态度决定一切，你只要装出忠厚老实的样子来，挨打都会挨得轻一些。

看来这事必须要动用王大头的力量了。小姐把茶端上来后，我借故溜到卫生间，犹豫了半天，最后还是咬牙拨通了大头的手机。这还是李良出事后我第一次跟他联系呢。

电话里一片嘈杂，大头说他正在吃午饭，问我什么事。我把情况简单说了说，问他能不能帮忙，心想龟儿子只要说半句推辞的话，我就立马挂机，死也不去求他了。

“是哪个分局？”大头嘴唇吧嗒吧嗒地响，像叼着一口活猪。

我说是某某街派出所，不知道哪个分局。大头嘟囔了一声，像是骂人，又像是咬了舌头，然后告诉我：“你先跟他们应付着，一句明白话也别说。”嘎吱嘎吱嚼了半天，他接着说，“我半个小时以后到……你也不用害怕，公安系统我还认识几个人。”

我心里暖烘烘的。大头毕竟是十多年的朋友，平时闹得再不高兴，关键时候还是肯伸手。洗了把脸，对着镜子看了看，我似乎还算年轻，薄有几分姿色，我怎么会走到今天呢？我黯然低眉，在心里叹了一口气。走出卫生间的时候有点脸红，想起我踹他的那一脚，想起我跟李良诋毁他的那番话，惭愧得差点趴在地上。我心想如果这事能够平安过去，一定要好好谢谢他，嗯，给他买个手提电脑吧，他吵着要买很久了。

不知不觉间，我就已经被时代淘汰了。街上流行的歌，听半天都听不出唱的是什么玩意儿，最酷最 in 的玩法，我几乎一窍不通，连这个词都是从报纸上看来的，也不知道什么叫

in，反正我是 out 了。王大头和李良都上网，经常跟我说网络生活有多么精彩，我骂他们富极无聊，但真要我坐在电脑前，连打字都不会。走在街上，看着一群群红头绿羽的新人类，哼着流里流气的小曲摇臀而过，我经常会发出感慨：唉，看来真是老了。这两年经常会无缘无故地心慌，不知道自己这一生将走去哪里。我这个最早穿蝙蝠衫，最早拿手机、呼机的弄潮儿，在几十年之后，会不会也像我的父母一样，枯坐在生活的角落里，看着一切都摇头叹气？会不会也像他们一样，自觉地退出生活的前台，坐在儿女们绚烂的灯影里，一面抠着衰老的鼻孔，一面追忆自己万劫不复的青春？

那两个警察问我欠款数目和欠款的原因，我遵照王处长的教导，大耍太极推手，如封似闭，不阴不阳，一句实在话都不说，光抱怨资本家惨无人道、丧尽天良的残酷剥削："差旅费一天才一百元，又吃又住还不让我们坐公共汽车，怕影响公司形象，你想想，怎么能不赔钱？"然后历数我给公司做出的贡献，1999 年一亿两千万，2000 年一亿六千万，2001 年前十个月就超过了一亿五千万。说到这里心里一酸，想起 1998 年我刚当上经理时，有一天重庆老赖急要六十万的货，跟催命似的，我连搬运工都来不及请，和刘三、周卫东他们脱光了膀子，汗流浃背地往车上搬。不到两个小时，六百多箱货全部装完，又担心司机中途搞鬼，我愣是坐在蒸笼一样的大卡车里一路押送过去，到重庆后全身发麻，屁股都不跟我走了。

瘦警察嚓嚓地往本子上记着什么，忽然抬起头来问我：“剥削的‘剥’字怎么写？”我不胜景仰地望他一眼，蘸着茶水画了半天，心中愤愤不平，想他妈的，老子今天居然落到你这个大字不识的家伙手中。

王大头来得煞是牛×，戴着明晃晃的二级警督徽章，在杨钰莹麻酥酥的歌声里，昂然自雄地走了过来。我还没来得及介绍，他就开始喷着唾沫发飙：“你们所长、指导员我都认识，前两天我还和你们所长一起喝酒，他跟我要车，我说你龟儿子今晚要是能把我喝翻，我就给你，否则想都不要想。”中气十足，像帕瓦罗蒂在赶大车，听得我双耳蜂鸣。那两个警察洗完口水澡，都有点发蒙，半天才想起来问：“您是哪里的领导啊？”王大头叼上一支中华，我赶紧为他介绍：“这就是分局装备处的王处长，也是我大哥。”

王大头在我们宿舍排行老二，但他一直藐视老大童钦伟的合法席位，说自己身份证搞错了，他其实是1971年的，是我们宿舍的真正老大。为这事他跟老大闹得很不愉快，互咬数次。在一个宿舍住了四年，王大头没做过什么让我注意的事，没拿过奖学金，没当过班干部，连妞都没泡过，除了偶尔打打麻将，也没违反过校规校纪，所以我一直都当他是个可以忽略的人。承包录像厅发财后，有一次请同学们喝酒，忘了叫上他了，回宿舍后看见他气鼓鼓的，一晚上都没甩我。和李良闲谈的时候，我断定王大头跟我们在一起有自卑心理，那时校园内正流行弗洛伊德的精神分析，放个屁都有政治背景。我从各方面列举王大头自卑的原因：成绩一般、学问一般、长相一般、家世一般，还找不到女朋友，他凭什么不自卑?!

回头看看，其实我一直都高估了自己。1992 年的陈重想得到吗，那个各方面都不如你的王大头，会在未来的某一天成了你的救星?

两个警察不咸不淡地又问了两句，大头根本不让我张嘴，直接当上了陈重发言人，对瘦警察说："你就这么记——第一、差旅费标准太低，钱是花了，但都是为公事花的；第二，"他转过脸看了我一眼，"他还有一部分费用没报销。"我赶紧点头，说就是就是，我们公司业务不规范，很多隐形的费用，根本开不出发票来。这倒是实话，去年为了应付全行业的质量大检查，我和董胖子绞尽脑汁，终于找到一个主管科长，连夜送了五千元红包，隔天就看见我们的产品登在报上，成了消费者信得过产品。胖警察问没报销的数目有多少，我犹豫地看着大头，只见他眉毛不动声色地扬了扬，我心里一下有了谱，说大概有二十多万。胖条子一脸严肃，说："你可要想好啊，这事可挨上商业贿赂的边了，那也是犯罪！"我福至心灵，忽然明白了王大头的意图，挺挺腰杆，理直气壮地回答他："没错，至少有二十万是拿出去送礼了！"

这招我也会，叫"遇事先把水搅浑"，是我们大学时最尊敬的林老师教的。林老师是个笑眯眯的小老头，矍铄干练，一尘不染，一年四季打着领带，好像随时要去联合国大会演讲，他从不在黑板上写字，唯恐粉笔灰弄脏了衣服。

笑眯眯的林老师有一个容量惊人的脑袋，知识渊博得让人愤怒，天文地理、三教九流、社科自然，没有他不知道的。每次讲完正课后，他都要来上一段野史，比如诸葛亮的痔疮、玛雅文化覆灭的原委，听得教室里笑声不断。毕业喝散伙酒时，老头被我们灌得找不到厕所的门，第一次把领带取了，醉醺醺地说："我再给你们来一段好不好？"大家拼命鼓掌，林老师摇摇晃晃地站在前面，沉吟了半天，说："今天的话就算是临别赠言吧，我一生吃了不少亏，希望你们不要像我一样。"

那就是著名的《人生四诫》：

不为婊子动真心，
不为口号去献身。
见了领导要服小，
遇事先把水搅浑。

留美博士、著作等身的林老师一生未娶，到死都是个副教授。有时想想，他这一生，该有多么郁闷和辛酸啊。关于《人生四诫》的最后一句，到今天我才算是真正明白：清白无法自证。被人泼了污水，光辩解自己干净是没有用的，最好的办法就是让泼水的人也沾上污水。

林老师一生风纪俨然，死的时候却极不光彩。他洗澡时发了心脏病，赤身裸体地倒在马桶上再也没能起来，身上屎尿横流。那是七月份，他的尸体在几天后被发现，一群苍蝇正贪婪地撕咬他一生微笑的脸。

两个警察走后，我问王大头接下来应该怎么办。他这时倒表现得很冷淡，乜斜了半天，阴森森地问我："你不怕我吃你的钱？"我不好意思起来，讪笑着给了他一拳，说："你还把这事挂在心上啊，我那不也是为了朋友吗？"王大头一把将我的手拨拉开，差点闪了我一跟头。"少跟我套近乎！"他气吼吼地说，"用得着的时候管我叫大哥，用不着的时候把我说得禽兽不如，有这么做朋友的吗？"

我结巴了半天，不知道怎么开口，脸红得像个烂番茄，心里又气又羞，恨不能把他一脚踢下楼去。大头发作完了，吹了半天气泡，忽然忧郁起来："你妈的，要不是我了解你的狗脾气啊，这次说什么都不会帮你。"我艰难地笑了一下。大头背过脸去收拾东西，像长官一样教训我："一定要把事情搞复杂！不管谁问你，你都要一口咬定那些钱是行贿了！要是问你行贿的名单，你就把以前你贿赂过的人随便说几个。"我正要插话，被他瞪了一眼："你放心，口供我会压住的，肯定不会扩大。”

这我就全明白了。大头的目的只有一个：要吓得我们公司不敢追究这事。出大门时，他说：“只要他们还想在四川做生意，我就不信他敢把所有的盖子都揭开！”

三十五

圣诞节快到了，成都街头一派洋洋喜气。奸商们打着上帝的旗号，大把大把地往口袋里揣黑心钱。商场里打不完的折，饭店里派不完的送，连药店都在搞有奖销售，买两打避孕套，送一袋牛黄解毒丸；买两瓶印度神油，送一瓶脚气水，简直岂有此理。

到处都是人，春熙路上排满了各种型号的屁股，一眼望过去，黑压压的脑袋像丛生的蘑菇，广大人民被节日的喜悦冲昏了头脑，不顾家底地疯狂采购，那架势不像是去花钱，而是去抢钱，一举一动透着当家做主的底气，问路都跟吵架一样。

陪老太太转了一圈，我差点把眼睛挤到后脑勺上，鼻孔里装满了浓淡不同的荤素屁味、萝卜韭菜饱嗝味、爆米花臭豆腐味，熏得我头大如斗。在红旗商场买了十斤腊肉、两挂香肠，到人民商场买了三件衬衫、六双袜子，老太太还看中了一件艳俗无比的红夹克，非让我穿上试试，我一揖到地，说："娘啊娘，你儿又不去卖脸，穿得那么风骚干什么？"

这些日子心情大好。上星期周卫东打电话给我，问我耳朵热不热，说董胖子和刘死皮（刘三）把我骂惨了。我让他给我学了一遍，无非是卑鄙无耻下流之类，再加上一些三字经百家姓，骂得毫无创意，笑得我肠子都断了。

我现在真正服了王大头，在他的策划下，案件性质已经不知不觉地从侵占变成了贿赂，警察拿着我提供的贿赂名单，找董胖子、刘三和会计全都询问了一遍，董某吓得脸都绿了。公安局还向我们总公司发了一份《协助调查通知》，要求说明情况，勒令进行整顿，还在产品质量和税务方面不动声色地敲打了几句，用词礼貌客气，底下暗含杀机，估计老板看着都有尿意。

我想回公司讨还我十月份的工资，被王大头一声喝止，说："你娃太过分了，不晓得见好就收。这事适可而止也就算了，真要是把他们逼急了，撕破脸皮纠缠到底，那不但保不住你，连我都要受连累。"我惶恐不已，说明白明白，不无敬佩地看了他一眼，想：这家伙看起来猪头猪脑的，哪来的那么多道道？

前几天回公司拿我的社会保险手册，办公大厅里静悄悄的，让我顿起"人走茶凉"之感，除了周卫东，每个人都对我冷冰冰的，原来那些忠心耿耿的好部下，好像同时都变成了聋子和瞎子，看都不看我一眼，气得我在心里反复爱他们的娘。前排的张江拿着几张表格翻来覆去地看，就是不抬头，我心中来气，走到他桌前，故意大声嚷嚷："张娃儿，你不认识我了，啊？你忘了当初是怎么求我的了？”这厮刚进公司时什么都做不好，刘三吵着要辞退他，我找他谈了一次，把龟儿子说得眼泪吧嗒的，苦苦哀求我再给他个机会。

张江的脸涨得像得了尿毒症的膀胱，一句话都说不出来，周卫东过来拉了我一下，说："陈哥算了，张娃儿也有张娃儿的难处。"我冷笑一声，继续嘲讽，说："不就是个董胖子吗，你以为你不理我，噢，他就会爱你了？"这时董胖子的门吱呀一声打开，我装着没听见，手指轻薄地点击张江的脑门："我告诉你，最阴险、最卑鄙、最下流、最他妈无耻的就是姓董的！"

我是故意的。这次输得这么惨，我实在是不甘心，挨球的董胖子只敢玩阴的，有本事真刀真枪地再来一次！我算是看透他了，你要跟他讲客气，早晚要挨他的软刀子，要真是豁出去跟他大撒一泼，他也只有干瞪眼——道德之神嘛，怎么能跟我这种无赖一般见识？

说完了我转身欲走，听见董胖子在背后大喝一声："陈重！"声音颤抖沙哑，像憋了多年的屁声。我转过头来，看见董胖子双手握拳，站在门口不停地抽搐。我笑眯眯地问他："董总，怎么样？我很了解你吧？"董胖子气疯了，气势汹汹地逼到跟前，大声喝问："你把刚才的话再说一遍！是你无耻还是我无耻？！"

这厮又高又胖，站在面前像座铁塔一般。我心稍稍虚了一下，不过想起他的无耻行径，胸中的怒火又开始熊熊燃烧。我瞪着他，脑袋飞转，想用哪句话才能把他气死，过了最多有十分之一秒，我就有了主意。

我还在笑，向董胖子弯腰赔礼，说："董总，是我不对，我无耻。"他一下愣住了，我接着说："你不过就是嫖个娼嘛，我竟然会无耻到去告诉警察抓你，还通知记者过来采访，让你当上了名人，我真是对不起你啊。"

挤出人民商场的大门，我长出了一口气，心想终于完成任务了。回头却发现把老太太丢了，等了半天也没见她出来，只好拖着酸痛的脚，提着大包小包到处打望。没她我可走不了，我的钱包、手机全在她手上呢。来来回回转了几圈，始终没见到亲人八路军的影子，我气得鼻子都歪了，心想：这回非好好批评批评她不可，没事瞎转悠什么！丢了孩子都不着急吗？

从一楼到四楼，从四楼到一楼，我像头叫驴一样来回乱窜，脚都跑断了，老太太还是没出现。我一屁股坐到了地上，浑身都像散了架。来来往往的人像看怪物一样打量我，我强行把自己拽起来，心想再转一圈，如果还是找不到她，我就一个人打的回家，让老太太担心去吧。

二楼的服装柜前挤了一大圈人，闹哄哄的，不知道又是什么牌子在搞噱头促销，我高举革命的腊肉和香肠，紧贴着墙根往前挪动，嘴里念念有词："借光借光啊，小心油了衣服！”人群倏地分开，我迈步前行，忽然听到一个熟悉的声音，在人群中间哭着说：“你自己去问问他，到底是他对不起我，还是我对不起他！”

那天在好又多门口，赵悦和杨涛说说笑笑地走出来，我像被孙猴子施了定身法一样，一步都挪不开。心中热血翻滚，又紧张又冲动，还有种无法摆脱的惭愧：我已经一无所有，而她却美丽依旧，这真让人伤心。赵悦瘦了一些，容颜清减，就像刚跟我谈恋爱时的样子。我呆呆地看着她，心中爱恨交织，想痛骂她一顿，又想把她紧紧地搂在怀里；想怒斥她的无耻，又想乞求她的原谅，但最终一个字也没有说，只有嘴唇在轻轻颤动。

看见我，两个人都别过头去，眼睛不眨地从我身边走过，杨涛故意气我，把赵悦搂得紧紧的，看得我浑身冰凉。他们依偎着上了一辆白色的富康小轿车，我还是僵在那里，脸上的肌肉突突地跳个不停，眼泪几番欲夺眶而出，都被我生生憋了回去。经过我身边时，一直低头不语的赵悦突然抬起头来，隔着窗玻璃静静地看了我半秒钟，那是一种什么样的眼神啊，而她的脸上，竟然也流满了泪水！

从那以后，我再也没恨过她。虽然我发誓不再相信她的眼泪，但在那一刻，一切誓言都被她的目光轻易击垮。往事像不可阻挡的洪水，在心中滚滚奔流，宿舍楼、小树林、食堂里，她的一颦一笑、一举一动，都如此真切，如此动人。七年来每一个日子，每一处细小的场景，都滚滚而来，在我胸中涤荡、洗刷、拍打，终于摧枯拉朽地汹涌而出，化为我脸上滚烫的泪水！

流一滴眼泪吧　亲爱的
只要一滴
就可以救活
在千万层地狱下
受尽苦难而死的
我

——李良，《天堂·福音》

我挤进人群，对赵悦抱歉地笑了笑，然后板着脸教训我妈："我的事你别掺和，走，跟我回家！"老太太不肯走，她等这个机会很久了，不依不饶地继续发飙："离婚离婚，恩断义绝，你还住着他的房子干什么?!"我心中气苦，大喊一声："妈！"嘴唇哆嗦得说不出话来，抓住她的手就往外拖，人群纷纷散开。挤出人墙后我回头看了一眼，发现赵悦正伏在杨涛的怀里，浑身颤抖，泣不成声。

那一刻，我坚信：她的眼泪为我而流。

三十六

12 月 24 日，平安夜。

两千零一年前的今夜，一个伟大的生命诞生于伯利恒的马槽里，他一生孤单，受尽苦难，在众人的诅咒中升入天国。传说中，今夜他将向人间赐福。

其实所有的日子都一样，李良若有所思地说，年年春草绿，年年秋风起，生活从来没变过，只是我们自己已经不知不觉地老了。

我没说话，转过头去看窗外无星无月的夜空。我的成都总是阴沉沉的，偶尔出一下太阳，那会是明天吗？

1992 年的平安夜，李良约我和老大去教堂看上帝，据说弥撒做完了有圣餐吃。我们等到十二点，圣诗唱罢，圣徒们脱下白袍显露真身，天堂的大门咣当关上，保安开始推推搡搡地往外赶人。教堂离学校很远，我们被上帝遗弃后无处可去，只好坐在教堂的大门前胡吹，一边哆嗦一边诅咒万恶的上帝。天快亮时老大拍拍屁股站起来，冲着铁门撒了一泡长长的尿，恨恨地说："向上帝致敬！阿门！"我和李良笑得满地打滚。

1994 年，我和赵悦在校外的咖啡馆里依偎着等候福音，窗外风声呼啸，室内烛光朦胧，她脸色微红，双眼闪亮，对着我不停地笑。十二点到了，我搂过她来亲了一下，说："许个愿吧，这个时候许的愿最灵了，上帝在看着呢。"赵悦闭上眼，嘴里念念有词，过了足足有一分钟，她睁开眼睛，笑嘻嘻地告诉我："我知道你要问我许的是什么愿，我就是不告诉你！"

1995年，1996年，1997年……记不起来了。生活的海面潮起潮落，总有一些日子让你或笑或哭，而另外一些，则沉沦在光阴的海底，永生永世不再浮起。在那些被遗忘的平安夜里，我曾感到过平安和幸福吗？

说起往事，我们都有点伤感，李良提议："来，为我们的老大干一杯。"我默默地举起杯，李良说："喝完喝完，老大在看着呢。"

这些日子李良赔了不少，上周三收市前，仅仅半个小时，他就栽进去七十多万，听得我舌头抽筋，郑重向他建议："期货这东西太悬了，你不如收手算了，我们一起搞点实业。"我在家里闲了一个多月，心里正慌着呢，如果能说动李良，开个中型的汽修厂，凭我的经营能力和关系，一定会赚钱。这事以前也跟他提过，他总是不置可否地笑笑，我心里明白，这就是他的正面答复了。如今的李良越来越高深，一举一动都含有深意。我摇摇头，端起酒杯一饮而尽，冰镇过的嘉士伯如此苦涩。

公司这个时候炒人简直是没有天理，找工作都没处找去。我给十几家公司寄了信，有的嫌我要价太高，有的说暂时没有空缺，愁得我唉声叹气，体重都轻了几公斤。老太太嫌我那天态度不好，也懒得搭理我，更是平添不少郁闷。

其实我一直都不喜欢玻璃屋酒吧的这种格局，人跟人挨得太近，放个屁都能引起隔座的胸腔共鸣。但李良特别钟爱这里，说它“很成都”，意思是只有在这里他才会觉得安逸。我觉得是个习惯问题。生活不也这样吗？一点点微小的变动都会让我们痛苦不安。

夜深了，美女们一群群拥到身边，头发五彩缤纷，眼皮青蓝各异，大冬天的也不肯多穿件衣服，胸挺臀撅，看得人口水倾盆。

我正过眼瘾呢，李良悄悄地捅我一下，说那边有几个人死盯着他，看样子不像善类。我扭过头去，笑着说他们不是看上你了吧，话音未落，我的笑容就僵在了脸上。我看见董胖子正坐在不远处恶狠狠地瞪着我，目光绿油油的，像一头逡巡在村庄外等待择人而噬的狼。

我一想起那天的事情就忍不住笑。董胖子气得快哭了，空门大开，双拳紧握，像只大猩猩一样对我不断作势，不知是要打我还是要吓唬我。我冷冷地看着他，心想只要他敢动手，我就一脚踢断他的老二，我在系足球队踢过左前锋，有一个著名的凌空推射动作，估计龟儿子挡不了。董胖子比画了半天，脸色青得吓人，不过最终还是没敢伸手，他咬着牙“哼”了一声，像头公猪一样拱开门钻了进去，直到我领了保险手册离开，他也没露过面。

我隐隐约约感到有点害怕，不过想起董胖子平素的为人，又迅速放宽了心。董某据说从来没跟人打过架，白长了一副好身板。刚进公司时，他跟我自吹忠厚，说上小学时他们班个子最矮的都敢欺负他。“我有他两个重，一只手就能把他提起来，龟儿子愣是敢跳起来打我的脸！格老子，我气惨了，不过想了半天，还是决定不跟他一般见识。以德服人嘛。”董胖子说。“以德服人”是电影《方世玉》中雷老虎的台词，所以有很长一段时间我都叫他“董老虎”。

他那桌坐了四五个人，其中一个我认识，姓刘，就是开换妻俱乐部的那家伙，1998 年我们在一起坐了坐，他号称是“玩遍七区十二县美少妇”，绘声绘色地描绘各区少妇的优点：青羊骚，成华浪，武侯喜欢搞花样，要谈感情去锦江，金牛没钱莫想上。说得我口水直吧嗒。他还鼓动赵大江去他那里玩，当然是带着老婆。

我跟李良说：“你放心吧，他们对你没什么兴趣，八成看上我了。”话刚出口就有点后悔，觉得不应该跟他开这种性意味浓郁的玩笑。李良倒没什么，笑眯眯地问我：“那你还不过去跟他们勾搭勾搭？”

他说得倒也对。我把心一横，倒了满满一杯啤酒，径直地朝董胖子他们走过去，几个人似笑非笑地看着我。我跟姓刘的点了点头，拍着董胖子的肩膀说："幸会啊董总，走到哪儿都能看到你，来来来，干一杯！"董胖子鼻孔里哼了一声，阴着脸端起杯，跟我碰了一下，咕嘟咕嘟地灌了下去。我正要离开，姓刘的一把抓住我的手腕："急啥子嘛？还没跟我喝呢！"

那一瞬间我感觉到了些什么，极轻极快地，在心中一闪而过。不过看着刘某一脸欢笑，我也没往深里想。酒倒上后，他笑眯眯地问我："听说你到处替我打广告，说我开了个换妻俱乐部？"

这事最早是董胖子告诉我的。刘某的语气听起来颇为不善，但想想也没什么大不了的，他自己都到处张扬，我替他打打广告又怎么了？想到这里我回头看了董胖子一眼，他正皮笑肉不笑地望着我，嘴巴半张，目光发贼，表情十分讨打。

这事有点不对，我端着酒杯犹豫了一下，想还是不能承认，得想办法推脱才行。我仰脖把酒干了，拿手背擦了一下嘴，对姓刘的笑笑，说："我都是听董总说的，怎么会到处替你打广告？刘哥你这么聪明的人，怎么也会相信这些？"这招叫作一箭三雕，又拍了马屁，又开脱了自己，还把董胖子也装了进去。

刘某被我奉承了一下，笑得那个灿烂，端起酒杯一口干了，又问我："跟你打听个人，有个叫王林的警察，你认不认识？”

一说起王大头，我胆子立马壮了起来，说："认识认识，太认识了，他屁股上有几颗痣我都清楚。"刘某嘎嘎地笑起来，旁边的人也都跟着笑，我横了董胖子一眼，发现他脸色涨红，脖子下的肉一颤一颤的，像生过十八胎的老母猪。笑声停下后，他拿着皮包站起来，对姓刘的说他还有点事，要先走一会儿，让我们慢慢喝。我笑嘻嘻地问他："董总，是不是老婆又发威了，要你回家去跪搓板？"他没理我，挟着包撅达撅达往电梯口走，临了还回头看我一眼，一双眼睛灰不溜秋的，像条死硬了的鱼。

我说："你怎么认识王大头的？"姓刘的呛了一口，一边咳嗽一边笑，说："原来他外号叫王大头啊，这龟儿子，怪不得我怎么问他都不肯说。"我说这个外号是我给他起的，心想我这些年倒真替人取了不少外号："你娘"、"痛干上人"、"董老虎"、"董胖子"、"刘死皮"、"周花枪"……给赵悦取的外号就更多了："尿壶师太"、"黛玉大嫂"、"胖妞"、"虎妞"、"扫大街的"，还有一个叫"小结巴"，是鼓励她"口吃"的意思。想起赵悦心里有点难受，自己给自己倒了杯酒，闭着眼灌了下去，想起那年平安夜她对我说的话——"死也要死在你面前"，手脚微微地抽搐了一下。

董胖子走了，我就没必要再坐下去了。我把杯中的残酒喝了，对姓刘的说我那面还有个朋友，要失陪一下。姓刘的说：“急啥子嘛，我还想带你去我那里玩呢。”我眼睛一亮，问：“没老婆也能去吗？”他笑，说：“别人肯定不行，你是王林的朋友嘛。”我甚是自豪，在心里追忆王大头的光辉形象。姓刘的转过头去，问旁边一个家伙：“今天的嘉宾是不是战旗的？”那家伙连连点头。我的口水哗地流了下来。战旗歌舞团是成都著名的美女窝，随便抓出一个来都能看半年。我几次开车从那里经过，看得眼珠子都要加润滑油。不过那院里停的全是高档车，我一辆破桑，实在是没脸进去，也只能过过眼瘾。刘某说：“我们喝完桌上的酒就回去，你想去就一起走吧。”我心里犹豫了一下，眼前这几个家伙龇牙瞪眼、獐头鼠目，端的不像好人。我爸从小就教导我：“不怕打错人，就怕交错人。”我倒真有点害怕跟他们结交。

啤酒这东西就是胀人。才喝了五瓶，厕所就去了三次。这两年酒色入骨，肾也快完了，想想当年“一夜六次郎”的神勇，不禁暗自神伤。

李良坐在那里有一搭没一搭地吹着口哨，表情像个找不到妈妈的小孩。几束红红绿绿的灯光明灭不定地照在他脸上，显得他格外地苍白和憔悴。大概是受了耶稣的影响，我心中忽然涌起一股异样的怜悯。

李良听说我要去参加非法活动，嘴撇得跟只皮鞋一样，说：“你娃娃贼性不改，早晚死在女人肚皮上。”我摇头晃脑地吟诵：“美女身上死，做鬼也风流，吾之愿也。”他不屑地瞪我一眼，说："别怪我没提醒你啊，那几个一看就是在黑道上混的，你还是少招惹他们为好。"

我笑笑，没说话，转过头去看台上的歌舞表演，一个帅哥正梦呓般地唱道："子夜二时请你推醒我／告诉我你梦见了什么／七彩的天堂上竟没有／人去过／的消息／人留下／的痕迹……"我心里莫名其妙地伤感起来，对李良说哪有什么天堂，生活本来就是个地狱。他没回应，我奇怪地回过头，发现他已经走开了，这时灯光激闪，鼓点铿锵，酒吧里一片幢幢鬼影，在彩屑飞扬的舞台旁，在绿眼红发的人群边缘，我的朋友木然地回头看了我一眼，就像一具死去多年的僵尸。

三十七

平安夜，没有月光。

一辆白色的丰田面包车在滨江路上疾驶而过。路边高楼矗立，窗外万家灯火。一对年轻情侣在岸边紧紧拥抱，轻言细语地说着什么，不时地发出笑声和叹息声。一个衣衫褴褛的老头坐在石凳上，远远地看着他们，眼里似有泪光，这一刻，他想到了什么？

我满脸是血，两颊火辣辣地疼，鼻子里鲜血直流，滴答滴答地落到我的金利来西服上。嘴唇肿起一指多高，肉翻在外面，沾着腥臭的口水和牙龈血，每一下震动都疼得钻心。后排座上一个家伙还在死死地揪着我的头发，姓刘的一脸寒霜，嘴里骂骂咧咧的，恨不能一口把我吃了。

我一上车就感觉不对，两个家伙凶神恶煞地把我挤在中间，一动都动不得，我左右环顾，知道大事不妙，借口要撒尿，站起来就想往下跳，还没等我的头钻出车外，一个穿黑夹克的劈面就是一拳："× 你妈！瓜娃子还敢跑！"打得我眼冒金星，另外一个胳膊上刺龙的家伙立刻扑上来，死死地掐着我的喉咙，力气大得惊人，我几乎闭了气，嗓子眼咕咕乱响，一个字都说不出来。好像过了一万多年，车子终于发动了，他松开手，我像个痨病鬼一样剧烈地咳嗽，一边挣扎一边质问姓刘的：“刘哥，这是什么意思?！”刘某阴恻恻地瞪了我一会儿，劈头就是一耳光，我应声而倒，一头撞在车门上，脑袋嗡嗡作响，听见他从牙缝里挤出一句话：“× 你妈！弄你！就是这个意思！”

几条大汉如狼似虎地在我身上又打又踢，在雨点般的拳脚中，我终于弄明白了事情的原委：三个月前王大头带人封了他的俱乐部，还把他搞进去关了十几天，这厮在外面看着如此生猛，但在里面也跟个孙子一样，被人打得屁滚尿流。王大头这事干得也够绝的，连钱带东西勒索了不下三十万，这厮出来后颇为不忿，一直找机会要弄王大头。

我哭笑不得，眼前金星乱冒，结结巴巴地说这事纯属误会，跟我一点关系都没有。他双眼圆睁，一膝盖顶在我肚子上，估计五脏六腑全碎了，我软绵绵地跪倒在车厢中间，他还不解气，提着耳朵把我拎到他脚下，一脚踩在我脖子上，恨恨地骂：“× 你妈！不是你告密，他们能找得到?！”

我脖子像断了一样，拱了半天拱不起来，一头扎在颗颗粒粒的橡胶垫上，红肿的嘴唇立刻皮开肉绽，疼得我眼泪直流。“刘哥，真的不是我，我没有告密啊……”话还没说完，脑袋上重重挨了一脚，金星闪耀时听见他说：“警察都承认了，你还敢跟老子装蒜！”

后来的记忆非常模糊，我只记得那是条黑黑的小巷，我像只死狗一样被拖出来，几个家伙围着我，不停地拳打脚踢，我跪在地上求饶了吗？记不起来了。

最后所有人都停了手。我挣扎着想坐起来，但身上一点力气都没有，我头拱在地上，拼命地往起爬、爬、爬，突然脑袋一声巨响，我听见一个家伙说："差不多了，走吧。"

……

夜如黑狱，我伫立旷野，四顾空空，无数种声音同时响起，草长花开，万物生发，四季无声流转。一些人在远处走动，一些生灵在角落里私语，一些熟悉的面孔潮水般涌来又潮水般退去，一个声音在笑，一个声音在哭，一个声音忽远忽近地问："你好吗你好吗你好吗……"

我靠着墙瑟瑟发抖，冷。寒意从骨髓里透出来，慢慢涌到胸口，慢慢地，涌到四肢百骸。每根骨头都像断了一样，头上的血流到胸口，变得冰凉。我慢慢地趴到地上，嘴唇紧贴着我亲爱的成都的土地，朦朦胧胧中听到有人叫我："兔娃儿不哭，好孩子不哭……"

眼皮很重，我费力地大睁着不让它合上。温热的血慢慢流过，一些东西很清楚，像十九岁的赵悦美丽的脸；一些东西渐渐模糊，像年年春天成都街头的雾气……

流一滴眼泪吧　亲爱的

只要一滴

就可以救活
在千万层地狱下
受尽苦难而死的
我
……

圣诞钟声远远敲响，整个城市一片欢腾。在那条黑冷潮湿的小巷里，我无声无息地躺倒，鲜血凝于泥土，催发春草无数。透过越来越绚烂的成都夜空，我看见了金光灿灿的上帝，他正在云端慈悲地注视着这个世界，传说中，今夜他将向人间赐福。

（全文完）